大人の流儀3

a genuine way of life by Ijuin Shizuka

別れる力

伊集院 静

講談社

別れる力　大人の流儀3

別れる力

伊集院 静

　別れることは、切なく苦しいことだ。

　時によっては非情にさえ思える。しかし私たちが生きていく上で、離別は避けてとおれるものではない。人と人の別れもそうだが、かつて私は北海道の牧場でサラブレッドの仔馬が母馬と別れた夜を牧舎で見たことがあった。仔馬は一晩、母馬を呼んでいないていた。哀切に満ちた声が牧草地に響いた。辛いことだと思った。

　しかし翌朝、仔馬は他の若い競走馬たちと懸命に駆けはじめた。その時、私は一夜の哀しさが仔馬に、彼が生きるための力を与えたのだと思った。それは母馬の祈りでもある。

　親しい人を失った時、もう歩き出せないほどの悲哀の中にいても、人はいつか再び歩き出すのである。歩き出した時に、目に見えない力が備わっているのが人間の生というものだ。その時は信じられないかもしれないが、確実にあなたにはその力が与えられている。そうしてその力こそが、生きる原動力であり、人間が持つ美しさでもある。

春風の中を飛ぶ草木の種は、遠くへ飛ぶものほどたくましい草木に成長するという。それを知った時、私は、別れには、力と生きる尊厳があるのだと確信した。私もいくつかの別れを経験したが、その渦中にあった時はただ途方に暮れて悲嘆したが、歳月が過ぎてみると大きな力を得ていたことに気付いた。

あの震災から一年半、さまざまな別れを見つめながら、或る時は憤怒し、或る時は笑い飛ばし、一冊の本にしたつもりである。別れることは決して誰か何かを不幸にさせるだけのものではない。それを伝えたくて今日も……。

二〇一二年十二月一日

東京のホテルにて

別れる力　大人の流儀3［目次］
a genuine way of life by Ijuin Shizuka contents

第一章
別れて始まる人生がある　7
愛する人が残してくれたもの
生きることの隣に哀切がある
最後まで信じてくれた人
飲んで笑って、別れて飲んで
父の思い、母の優しさ
二度と逢えない、それは真実
別れの流儀　ギャンブル篇
出逢いが生きた証しなら…
恋に死ぬ男はバカなのか？
あの人は私の中に生きている

第二章
楽して得られるものなんてない　57
サヨナラだけが人生だ
癌を患った友の話
大人の男は努力を見せない
人生には締切りがある
忘れ去られるものたち
時代遅れで何が悪い
母が教えてくれた世間の形
安けりゃいいワケないだろう
人生に無駄な経験などない

第三章
正義っぽいのを振りかざすな

101
マーケティングという名の巧言令色
正義っぽいのを振りかざすな
奇人と偏屈が国を変える
大人の男だけが座れる場所
学者の常識と大人の良識は違う
なぜアメリカが正義なんだ
勝てばいいってモンじゃない
誇りを捨てずに生きるということ
大人の男の覚悟とは何か

第四章
本物の大人はこう考える

145
綺麗に遊んでグッドバイ
愉快な男たちの話
恥知らずな行為は生死にかかわる
グリーン車に乗るバカな若者へ
大人が人前で取るべき態度
我慢すればおさまるのなら
道に倒れて泣く人がいる
親は子の言うことを聞かなくていい
素晴らしき哉、人生

帯写真◉宮本敏明
挿絵◉福山小夜
装丁◉竹内雄二

第一章

別れて始まる人生がある

愛する人が残してくれたもの

人と人は出逢いではじまる。
雁のヒナは最初に目に映った対象を自分の親と思うそうだ。
雁を人だと考えると、人は生まれいずる瞬間に、誰かの差し出してくれる手を必要としているのである。
それは私たちのこころの奥底にきちんと埋めこまれており、寒い朝に赤児がどこかで泣く声を聞けばどんな人でも、大丈夫なのか、何か切ないことが赤児の周辺で起きてはいないかと心配をする。これは人間が、大人の男がここまで（二十歳くらいかな。いやもっと若くても当然だと思うが）生きてくれば人として当たり前のことである。

だから私は親が子を殺《あや》めることはよほどの事情があり、親とて、人でなくなっていたのではと思う。

私はそれを母親に教えられた。

「どこの世界に我が子に苦しいことをさせる親がいますか」

このように書くと、親がなかった人はという例が当然のごとく出るが、その人たちとて親のように親身になってくれた人は必ずいるはずだ。


人と人、生きものと生きものは出逢いがはじまりだが、人間以外の生きものに例えると、大半の生きものは生まれてすぐに別れを経験する。

海ガメの子供たちがそうである。

テレビなどは浜に揚がった海ガメが涙を流しながら産卵するシーンを映し、それをナレーターがさも感動したように語るが、肝心は孵化《ふか》した後、あの卵の殻《から》を割って砂の中から必死で這い上がり、海を目指して筋肉も満足にできていない海ガメの子がむかう、あの力が大切なのである。

そうしなければ生きていけないし、人が人生がどうのこうのと言う以前に、カメの生涯があるとすれば、別れこそが彼等にひとつの生、生涯を与えるのである。それでも百の子ガメで生き残るのは数匹である。

私は三十五歳で若い妻を癌で亡くした。

仕事を休みともに治療現場にいた（このことは後に仕事を休むべきではないと思った）。二百九日後、妻は亡くなり、私は茫然とした。妻の仕事が女優であったため病院の周囲は騒然とした。ところが私に言わせると、生きる希望を抱いていた若い一人の女性が、私の妻が、生きること、明日があることをすべて断たれたことに、

――いったい何が起こったのか？

と混乱するばかりであった。

それから一年はまたたくうちに過ぎて、私は故郷に帰り、後輩の野球部員の指導をしたりしていたが、一日の大半はギャンブルと酒の日々であった。

なぜそうなったのかと考えると、彼女が日々の暮らしで語っていた些細《ささい》なことが次から次にあらわれ、あの言葉は、ぐうたらでどうしようもない私を励ましてくれていたのだと思えたからだ。

篠田正浩という名監督がいて、彼女が亡くなって二年後、偶然あった折に言われた。

「あなたの小説を、彼女が突然私に持って来て、読んでくれと言われました」

そんなこと露とも知らなかった。

「私はこの人は小説家になるべき人だと思うのですが」

と大きな目を見開いて言ったそうである。

同じことを久世光彦にも言われた。

言ってきた当人は、当時、花になろうとする女優である。

「読んだが見込みはありません」

とは言えるはずがない。

今思えば拙《つたな》い作品である。

私は何を言いたいのか。

彼女はそれを男たちに見せようとした時、何かを決心したのではないかと思う。

人は自分だけのために生きているのではないということである。

死別の哀しみと世間は言うが、私などはたいしたことはない。それでもである。

私は別れた瞬間から何かをすべく生き方を模索し、偶然、小説を書くようになり、それが妻の願いであったことは後年に知るようになったにせよ、私は今でも彼女が多忙な日々の中で、そうしてくれたことに感謝し、何かひとつまともな作品を残したいと思っていることは事実である。
それにしてはつまらない作家で申し訳なく思っているが……。

生きることの隣に哀切がある

途方に暮れる、という心境になることは、人生の中になるたけない方がよろしいが、世の中はそうはいかないものらしい。

大人になってみると、十人の中に、途方に暮れた経験がある人が、必ず何人かいるのに驚いたことがある。それほど人間が生きるということは、辛いことや切ないことが、むこうからやってくるもののようだ。

私は二十歳の時、十六歳の弟を海の遭難事故で亡くした。弟が一人で沖に漕ぎ出したボートだけが浜に流れ着いた。台風の最中だった。そんな中で私の友人や弟の友人で手をつないで海に入り、弟を探してくれた。夏であったから風邪を引く友もいなかったが、それでも頭の下がる思いだった。

O君は私の生家の近所に住む同級生で子供の時分から遊んだ仲だった。中学、高校に行くようになり、私は野球部にいたので運動が得意じゃないO君とは疎遠になり、彼の家が少し遠くへ引越したので話もしなくなっていた。それにO君はニヤケル癖があり、その態度が原因で血の気が多かった友人たちと諍《いさか》うこともあった。

私は友人たちに言った。

「O君はあんなふうに人を馬鹿にした態度に見えるが、そんな奴じゃないんだ」

そのO君が隣町に行っていたのにどこで聞いたのか弟の捜索を手伝いに来てくれた。

捜索も七日目に入り、夕刻、私が一人で沖合いを見ていると、O君が隣に座った。

「きっとどこかで生きとるって。ひょっこり戻って来るんじゃないか」

「…………」

私は黙ってうなずいた。ちいさな狭い湾をもう探せるだけ探していた。

「わしな、ター坊（私のガキの頃の呼び名）。T町に行ってからすぐチエが死んだんよ」

——えっ、妹のチエちゃんが？

私は思わずO君の顔を見た。

「ほんまか、なしてじゃ？」

「自転車に乗って学校の帰りに国道でトラックに巻き込まれたんじゃ」

チエちゃんはソバカスの多い可愛い子だった。私は初めてチエちゃんの死を知った。

「チエはマーちゃん（弟）と仲良かったからのう。チエが亡くなって俺の母《カア》ちゃん、半年寝込んだんよ。俺も淋しかった」

「そうか、そんなことも知らんで……」

「ええんよ。明日も来るけえ」

私は浜から駅舎にむかうO君の背中を今でもよく覚えている。

——O君はそんなことを口にも出さず平然と海に入り、私を慰めてくれたのだ。

二十歳の若者でさえ共有せねばならぬものがあるのだから、大人になればなおのことである。私たちは経験したことで何かを知る。何かとは、生きることである。経験と書いたが、それは時間と言ってもいい。生きる時間は常にそういうものとともに歩んで行く。


弟の死は、私にふたつのことを教えた。

ひとつは自分が人生を決め、そこにむかって歩き続けること。もうひとつは命を大事にすること。前者は弟の残した日記を読み、私に生家の仕事を継がずに一人で新しい土地で生きることを選択させ、後者は通夜の席の弟の遺体の前の父と母の姿を見て、それまで何かにつけ人とぶつかり、殴り合いも初中後《しょっちゅう》であった暮らし方をあらため、必要なら泥に額をつけても謝ることができるようにすると決めた（なかなか実行できなかったが）。

――こんなことが自分を慕ってくれていた者の死をもってしかわからないとは……。

その思いは今でも私の内に残っている。

私の父は、三人の姉が数年毎に一人ずつ東京の洋裁学校へ出発する駅のプラットホームで目をうるませていた。

厳しい父の目がそうなっていることを子供たちは見て見ぬ振りをした。父は人前で泣くことを嫌ったし、私たちにそう教えた。

送られる姉たちはむしろ喜んでいた。厳格な家から飛び出し自由の世界に行ける。だが後年、長姉に訊くと、前夜、父に呼ばれ、生きて帰って来い、と強く言われたそうだ。

私が生家を離れる前夜、父が私の暮らす棟に来て、父の生い立ちから、生きることでの忠告（いやあれは命令か）を受けた。

「倒れてはならん。生きて行くんだ。この先二度とおまえと私は逢えないことが起きるのが生きるということだ」

まさか、と思って聞いていたが、今なら父の言わんとしたことがわかる。

人間は別れることで何かを得る生きものなのかもしれない。別れるということには、人間を独り立ちさせ、生きることのすぐ隣に平然と哀切、慟哭が居座っていることを知らしめる力が存在しているのかもしれない。

人は大小さまざまな別れによって力を備え、平気な顔で、明日もここに来るから、と笑って生きるものでもある。人間の真の姿はそういう時にあらわれる。

最後まで信じてくれた人

冷たい日が続いたり、急に暑くなったり、妙な天気が続く。天候に影響されたのではあるまいが、こちらの心情も、冷たいという表現には似つかわしくないが、連休のあとさきに、二人の大切な人が亡くなった。

一人は編集者である。

T川さん。イイ人だった。

訃報を受け、通夜、葬儀の日と、来仙する客人のスケジュールが重なり、出席することができなかったが、出席した人は口々に言った。

「精進落しの仕舞いの頃は笑い声も聞こえてイイ通夜でした。T川さんらしかったです」

T川さんは東北、岩手の人である。

私が初めて逢った編集者だった。

当時、私は逗子の〝なぎさホテル〟に宿代も払えぬまま逗留していた（逗留じゃなくて居候か）。そこで私は生まれて初めての小説を書き、新人賞を募集していた小説誌に送った。

三十数年前の冬のことだった。

十二月中の締切りの他のふたつの小説誌に別の作品をそれぞれ送り、T川さんがいる小説誌だけが一月締切りだったので、他の二作品とは少し違うものを清書して送った（当時はワープロなんてなかった）。

他の二作品は箸にも棒にもかからず、一次予選で振り落されたが、最後の作品だけが最終の候補作まで残った。

それはそれで嬉しかったが、最終候補作になる条件として近影を提出せよ、と通知の手紙の中に記してあった。

私は子供の時から写真が嫌いだった。

元々、出っ歯で、ギョロ目、その上顔はソバカスだらけで、悪ガキたちから言われた。

「おまえの顔、泥が散って汚れとるみたいじゃぞ」

「こりゃソバカスじゃ、放っとけ。ソバカス美男子じゃとオフクロが言うとった」

「バカ言ってんな、そんなのあるかよ」

学生時代は記念写真にそっぽをむいた。

それで写真はないと小説誌に連絡した。

私にすれば、どうして小説に顔写真がいるのだ、タレントの応募じゃあるまいし、と思っていた。

何度も連絡があり、ナイと断わると、一度上京して話すことになった。

音羽のK談社。初めて出版社に行った。大理石が配された建物を見上げて、たいした人たちが働いているのだろう（後年たいした者はさしていないとわかるのだが）と思った。

応接室に通され、あらわれたのがT川さんで、少しお酒の匂いがするような感じの風態だった。

「T川です。あなた住所が〝なぎさホテル〟ってありましたが、中華のコックさんか何かですか？」

「はあ？」

応募の名前は本名の趙《チヨウ》であった。

「写真のことですが……」

「小説になんで写真がいるんですか。それだったら最終候補から外して下さい」（たいしたものだったネ。青いと言うかバカって言うか。ほとんどバカだった）

T川さんは目の玉を丸くして言った。

「君ね。ボクも君の作品を推したんだよ。何かイイモノがある気がして。それはボクだけじゃないんだ。君も文学を目指してるんでしょう。写真の一枚がなんなの。その辺りに行けば三分写真だってありますよ」

私は不機嫌になり、逗子に帰った。

それでも、熱気のある人だったと思った。

私は前妻と逗子の写真館に行き、初めて二人で写真を撮った。彼女は大喜びだった。

最終選考はケチョンケチョンに評されて落ちた。

――そこまで言わなくとも……。

結果として、それが良くて、その後何年か小説を書くのはやめた。その作品は今、日本の中学二年生の大半が教科書で読んでいる（教科書に載るのがイイのか悪いのかは別として）から妙なものだ。

十数年後、作家として食べていける恰好になった時、仙台の家にT川さんとM松という二人の編集者がやってきた。

あとにも先にも家を訪ねてきた編集者はこの二人だけで、その折、私が家人のことを、母さん、カアサン、カアサ～ンと用がある度に呼ぶのを聞いていてT川さんが家人に言った。

「奥さん、さっきからカアサン、カアサンって、あの人、本当に無頼派作家ですか？」

競輪にもご一緒したし、酒場も朝までつき合ってもらった。

本が上梓される度に送ると誉めてくれた。

定年退職後は一ヵ月に一度、電話で話をした。夕刻はすでにほろ酔いで上機嫌だった。

或る夕、T川さんが言った。

「私、あなたをずっと信じてました」

そう言えばデビューして苦悶してる頃、T川さんから何度か酒の誘いがあったのを、今、思い出した。

今頃はもうあの世の酒場だろうか。

飲んで笑って、別れて飲んで

「東京と仙台はどのくらいの割合いでいらっしゃるんですか」

よく訊かれる質問だ。

「東京十日、仙台二十日といったところでしょうか」

「じゃ今は仙台の人なんですね」

「いえ、私は山口・防府《ほうふ》の者です」

この東京と仙台の滞在の比率が逆であった頃が長く続いた。

東京は宿屋暮らしである。ホテルと名はあるが、宿という感が強い宿泊先である。

東京に滞在していて何が困まるかというと週末の夕飯である。夕飯と書いたが、実際は夜の酒と肴と、それを出す場所である。

週末でも、こちらは毎日のごとく仕事をしている。仕事が一段落着くのはだいたい夜の八、九時である。さてこれからどこで、酒と肴をやりに行くか、と考えると、土曜日はまだしも日曜日となると気のきいた店は閉店している。銀座の小料理屋は況《いわ》んやである。

十年前までは宿のルームサービスで済ませたが、同じものを食べていれば犬でも飽きる。仕事終りの一杯。これにほとほと困まっていた。コンシェルジュなどない宿である。それでも或る秋雨の夕、私はフロントに言ってみた。

「この辺りにおでん屋か何かないのかね」

「少しお調べしましょう」

それで手配され、一人で雨の日曜日に出かけた店があった。

湯島、天神下にある〝T古久〟という店で、暖簾《のれん》をくぐると、おでんの大鍋の前に、私の母と同い歳くらいの女性が座って、やさしい笑顔で迎えてくれた。

雨の日曜日なのに店は混んでいた。

壁には、志ん生と文楽と店の主人らしき人を撮った写真があった。

——そうか、ここは黒門町が近いのか。

料理も美味かったし、酒の燗がすこぶる良かった。おでん鍋の前のおかあさんの仕事である。金を払って礼を言うと、

「私が電話を受けたの。一人ならいつでもおいでなさいまし」

と絶品の笑みを浮かべた。

三週間後の日曜日、そしてその一週間後の日曜日、雨の中を暖簾をくぐった。

三度目におかあさんに言われた。

「今夜は日曜日の雨だから、あなたが見えるかもしれないよと伜《せがれ》に言ったの。当たったね」

以来、雨の週末にカウンターに座った。

板場の主人のマーさん（おかあさんの息子）は私と同い年だった。運良くメイタ鰈の出る時期で、これを煮させると天下一品であった。いつしか客が引けると二人で酒を酌み交わすようになった。

おかあさんと、時折、話をした。

関東大震災の時が三歳、東京大空襲の翌日、千葉の疎開先から歩いて家の様子を見に来た話をしてくれた。

「大勢の人が亡くなっていて、私は目をつぶりながらこの店まで歩きました。すぐ先が病院でしっかりした建物だったから延焼を免れていたのね。感謝しました」

数年が過ぎて伜が言いにくそうに言った。

「お袋がさ、あんたの色紙を欲しいんだと」

「そりゃダメだ。俺は色紙は書けない」

「その話は聞いてるが、お袋の頼みだ。今まで五十年、そんなことは口にしてないんだ。頼まれてくれないか」

「……………」

数日考えて、私でよければと返答した。

「〝腹〟という字を横に書いてくれますか」

私はこういう事が一番苦手だった。例えば〝気〟という字を長く書いて〝気は長く〟とかいうのは見るだけで、〝人間だもの〟などと書いている書と同じで嫌悪していた。

それでも書いて、仙台から送った。

それまで一枚も書かなかった色紙をどうして書いたのか理由はよくわからなかった。

拙い字だった。

その後に訪ねて行くと、店の壁に額縁に入れられていた。飾らない約束だった。

「しょうがないだろう、お袋の希望だから」

伜は言い、おかあさんが来て言った。

「こんな嬉しいことはなかったわ」


連休明けの日、伜から連絡があり、おかあさんが亡くなったと報《しら》された。

——えっ、逢ったのはほんの二週間前だぜ。

通夜にしか行くことはできなかった。

後日、店には以前から上野の学校の偉い、〝書の先生方〟が見えているが、おかあさんは一度もその先生たちに色紙を頼むことがなかったと聞かされた。

「私は、あの雨の夜、あの人が暖簾をくぐってきた時から、この人に何か書いて貰おうと決めてたんだ」

有難いやら、迷惑やら。

誠子さんは四月一日に九十一歳になり、初夏、ご主人の所に行かれた。

日曜日の夜、下町に雨が降る度に、またひとつ酒をやる理由ができたということか。

父の思い、母の優しさ

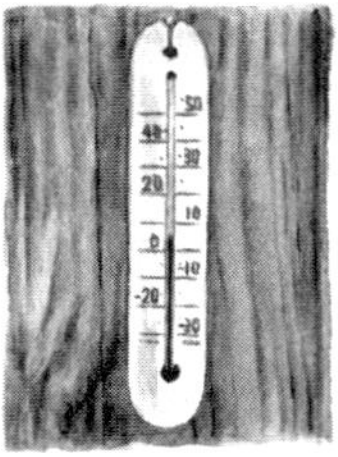

少し前の話になるが、正月に生家に戻った時に母と二人で過ごした。

母は、有難いことに今年で九十歳の長寿を迎え、少し足元は悪いが、私が家に戻る日が決まると姉妹、お手伝いに杖を仕舞ってくれと言われるそうである。

そうして玄関に立って、このぐうたら作家を迎えて下さる。

十年前まで、母のことを書く時、私はいっさい敬語を使わなかった。おそらく今回初めて、こういう書き方をする。

私は幼い頃、わからないことはすべて母に問うた。一度たりとも母は答えを返さないことはなかった。

たとえば私の父の故郷の男たちが家にやってきて朝鮮（韓国でもかまわないが）の言葉を酒に酔って話しはじめると、子供の耳にはそれがほとんど喧嘩をしているようにしか聞こえなかった。

「母さん、父さんたちは喧嘩をしてるの？」

幼い私は心配になって訊いた。

母は笑って言った。

「そうじゃなくて父さんの国訛りがあんなふうに聞こえるのよ」

後日、母は韓国の学者の家に私を連れて行き、静かに語る韓国語の朗読を聞かせた。

父は私が初めて韓国の、父や母の親戚を訪ねて行く時、大きな家系図を見せて言った。

「わしの家は元々、趙家と言ってたいした家だったからな」

訪韓して、父の元生家の跡を見たし、父の兄（すでに亡くなっていた）の息子と話をしたが、名家でもなんでもなかった。

面白いもので、私の家は何でもありませんから、と言った母の家の方がたいした家で、坊さんから母の家の祖父が災害の時に田畑を売った話を聞かされた。

それでもその旅で父のことを尊敬した。

逢ったあらゆる人たちから、父のお蔭で自分たちの今の暮らしはあると涙ながらに言われた。同行したアートディレクターの長友啓典氏にも言われた。

「あんたよりずいぶん偉い人やな」


元旦の翌夜、私は野球部の先輩、後輩たちと酒を飲んで、少し遅くに家に帰った。

鍵を開けて家に入ると、母の寝室から灯《あか》りが漏れていた。

寝室に入ると、母はまだ起きていた。

当たり前である。昔から母は父が家に帰るまで寝ていたことはなかった。

ガラス戸から覗《のぞ》くと、母は鉛筆を舐《な》めながら何かをしていた。

――手紙でも書いているのだろうか？

ガラス戸をちいさく叩くと母が顔を上げた。昔のままの〝中関小町《なかのせき》〟と呼ばれた可愛い瞳である。

「あら、お帰りなさい」

「うん、遅くなって……。何をしてるんですか、こんな時間まで」

「少し勉強を……」

見ると、それは漢字を学ぶテキストブックだった。

「ほう、頑張りますね」

私が言うと、母は、

「カイガンのガンはどうでしたかね」

と訊いた。

「ガンは〝岸〟と書くんですよ。山冠の下に、こうで、ほら彼岸《ヒガン》のガンですよ」

「あっ、そうですか。彼岸の岸ね……」

母は合点がいったように鉛筆を舐めて、〝岸〟という字を書いた。

相変らず丁寧で綺麗な字である。

私はこの母に字の書き方のすべてを教わった。習字も教えてもらった。

「〝岩〟という字も、〝崖〟という字も、すべて上に山冠が付きます」

「そうでしたね。あなたはもうわからない字はないのですかね」

「ほとんどありません（本当は白川静じゃないのだから山ほどあるのだが）」

「それはよく勉強をなさいましたね」

「母さん、〝海岸〟も書けたし、もう休んだらどうですか」

「そうじゃねぇ」

母は鉛筆を筆箱に仕舞い、テキストをサイドテーブルに置いた。

その所作は、私が子供の頃と同じだった。

「ひとつひとつを丁寧にしなさい。丁寧が一番大切なことだから」

母が目を閉じて電気を消した。

部屋の中が少し寒いかと思って訊いた。

「寒くはありませんか」

「いや天国みたいにぬくいよ」

私は部屋を出て、柱に掛けた寒暖計を見た。

摂氏二度である。私は少年時代、そういう温度の中で明日の野球のことや、将来の夢を考えて寝ていたのだろう。

私と母がこうして一夜話せるのも父のお蔭である。

二度と逢えない、それは真実

数年前まで、一月から二月にかけて、よく立川談志の独演会に出かけた。
それが初春の愉しみであった。
私は自分から何かを観に行く、聴きに行くことは年に一、二度しかない。
そのひとつが談志師匠だった。
聴きに行くと言うより、逢いに行くと言った方が正確だったろう。
魅力的な人だった。
チャーミングであった。

何より艶気があり、二十年近く前だろうか、酒場でイイ女（その頃は酒場にもイイ女がいた）にでくわし、少し話をして、今、イイ男は誰か？　という話題になると、そりゃ談志よ、と女たちはさらりと言った。

――ほう、解っている女がいるんだ。

と見直した。

イイ女は世間の風評、風潮にまどわされない。自分の目で見たものを善しにつけ、悪しにつけ第一義とする。

そういう女は連《つる》まない。

談志は己を少し崩して生きた（少しじゃないか）。若い時代に自己否定を一度考えたものは〝崩し〟を敢えてする。最初の内はただのバカにしか映らないが、歯を喰いしばってこれを続け、天運、人運に恵まれると、これが人をかたちにする。

作家の色川武大は若い談志に、

「六十歳までこのまま行けば名人になる」

と言った。こういう言い方が（人のさきゆきを断言したりすること）良いのか悪いのかわからぬが（なにしろギャンブルが好きな作家だったので）、談志は名人と呼ばれるようになり、〝己を崩す〟というあやうい生き方を、天下一品のものにした。

古稀の人物だった（古来より稀《まれ》ということです）。

それができたのは、世の不条理を見抜いたからだ。

正義、クソ喰らえである。正しい。

こういう人間の近くで、人の何《なん》たるかを見た者はひとかどの者が、時折、輩出する。

談志の訃報がマスコミに出た日、スポーツ新聞の隅に「談志一門、弟子が酒場に集まり一門継続を確認」とあった。

——君たちヤクザの組の存続じゃないんだから……。

と笑ったが、この記事にしてすでに笑いが出るところに談志たるものがにじんでいる。

おそらく一人、二人のひとかどの噺家は出よう。同時にバカも出る。前者が一人でも出ればそれでも十分過ぎるのである。

初春に逢いに行く人がいなくなった。

人の死はこれが切ない。死はただ逢えぬだけのことなのだが、二度と逢えぬことが真実である。真実は残酷である。

今年の元日の夕暮れ、故郷の友の家に出かけた。

人の家はまず訪ねない。五年、十年に一度あるかないかだ。

他人の家ほど怖い所はない。

壁に掛けてある絵などが目に入ると、この人とこの先つき合っていいのか、と考える。

友人の家に行ったのは、翌日から入院するからである。若い時に世話になった。東京で家賃にも困っていた貧乏学生の私を黙って下宿に入れてくれた。一度の恩は一生のものだ。

少し長居になり、義兄と二人でどこかで一杯飲んで別れようとなり、昔の繁華街に行くと一軒も店灯りが点《とも》っていない。

――この街は朽ち果てたか……。

一軒だけ店灯りを見つけた。昔、何度か行った女ばかり数人でやっている酒場だ。

客はいなかったが、入って店の女たちを見て驚いた。高齢のホステスなのだが、三人とも七十歳くらいだ。ホステスもここまで歳を取ると、シュールというか、オブジェというか、ジュラ紀、白亜紀なのか、酔いが覚めるのか悪酔いにかわるのか、ここで酔いつぶれて目覚めたら逆浦島太郎というか……。

ママが隣りに座り、若い方の？ホステス二人がカウンターで、ご馳走になっていいかしら、とたちまち生ビールの大ジョッキを二杯空にした。私は思わず彼女たちの足元を覗きたくなった。というのは毎夏、京都花街のビール飲み大会に出席すると、芸妓の一気飲みのかたわらには吐き出すバケツがあるからだ。ママがささやいた。

「昔、お父さんによく可愛がってもらって」

――それは幕末のことでござるか。

初夢、海岸で缶ビールを飲んでいたら、突然、鎧兜《よろいかぶと》の三騎の騎馬武者にかこまれ槍を突きつけられた。

生家に新年の挨拶に帰ると、夜半一人の寝床にシロという猫がやってきて、ミャーオと私にたかって何事かをのたまう。

「私はオヤジじゃない。いい加減にしろ」

亡くなった父と間違えているのだと母と妹は言う。気味が悪いことを言うんじゃない。

深夜、母が階下に一人、二階に猫にすり寄られている息子。かつて笑い声が絶えなかった家に静寂だけがひろがっていた。

別れの流儀　ギャンブル篇

ギャンブルは、これをする人と、しない人がいるだけで、金が儲かるものではない。

じゃギャンブルをすると何かの役に立つかというと、まったく何の役にも立たない。

〝ギャンブルで蔵を建てた者はいない〟という諺は本当である。

私は若い時に、何をどうとち狂ったのか、ギャンブルでひとかどの打ち手になろうと決心して（バカだね）、関西では、当時、名前の知れたG次という老車券師に半年ばかりついていたことがある。

車券師とは、競輪の投票券である車券で生計を立てている人で、四十年近く前でも、すでに数人しかいなかった。妙な商売で、車券師は自分では金は賭けない。客に金を賭けさせ、そのアガリ（勝った時ですが）で喰っていく。

どのくらい妙な仕事かと言うと、二千五百メートル近くを九人の選手が、それぞれ勝とうと懸命に走るレースの一着と二着を的中させる仕事で、例えば一着がA選手、二着がB選手とすると、AにBで買いなはれ、と客に教えるのである。客が、Bが一着でAが二着ということはないか、と訊くと、タイヤ差で差せしまへん、と平然と答える。

タイヤ差とは自転車のタイヤのことで、まあ二、三センチの着差だ。二千メートル以上選手が必死で走ってゴール寸前で追いついても、あと二センチが届かないと言うのだ。

ところがそれが、そうなるのだ。

G次は名人と呼ばれた。

競輪場に行くのに迎えに行くと、安アパートの部屋の中でG次は支度を整え、煙草をくゆらせている。部屋には蒲団と、水屋があるだけで、あとは何もない。

家族も勿論いない。

家族が一番ギャンブルには余計なものらしい。ともかく彼等は〝負の領域〟に身を置くことを嫌う。家族はその典型らしい。

「朝、出がけに子供が風邪引いて熱があるなどと言われたら、そんだけで〝負〟を背負いまっさかいな」

G次は、或る時、〝旅打ち〟の居酒屋で私に言った。

「あんた博奕打ちになんのはやめなはれ」

「どうしてですか。日本一ならやり甲斐が」

「たとえ日本一でも、博奕打ちの日本一は、日本で一番の三流の仕事いうことですわ」

「どうしてですか？」

「考えてみなはれ。仕事いうもんは誰かの役に立って仕事です。ほれ、そこの八百屋かてええ白菜仕入れて売れば、翌日、客から、あの白菜を鍋に入れて食べたが美味しかったわ。おおきに、と言われる。ところが博奕打ちいう奴は一から十まで手前だけが勝てばそれでええんや。他人がパンクしようが、首を吊ろうが関係ない。そんなんは仕事ちゃいますやろ」

何年前のことか忘れたが、大晦日に立川競輪場に阿佐田哲也さんこと作家の色川武大さんと二人で打ちに行き、最終レース前まで的中が続き、すでに家一軒分の金が手元に残った。これで年が越せるという気持ちもあったが目的は最終レースだった。

「どうするね、伊集院君」

「やりましょう。ここで引いたらバカです」

「そうだね。勝って正月はハワイでも行って、あの島を全部買って帰りましょう」

レースは見事に外れ、気が付けば二人とも手元に電車賃があるかなしかだった。

私は口もきく気がしなかった。

「伊集院君、これから俳優のN門の家に行きませんか。メンバー(麻雀)がいるらしい」

「先生、あそこの麻雀は半荘《ハンチャン》が終っての現金精算ですよ、もうタマ(現金)が切れてるんですよ」

「大丈夫、最初の半荘を負けなきゃいいんですよ」

「…………」


深夜、先生と街を歩いていた。

「明日、少し打つんですが、時間はありますか」

「明日、関西の競輪記者の結婚式が」

「そう、悪くない場なんだけどな……」

先生が口惜しそうに言った。

「どういう人と打つんですか」

「昔からの友人で、明日、刑務所から出てくるんです。麻雀が好きな人でね」

「どうして刑務所へ」

「事情があって弟さんを殺めてしまって」

「はあ、それがどうして、いい場なんです」

「刑務所から出た日は、その人は必ず負けるんです。口惜しいな……」

「………」


夏の平塚競輪場に早朝到着し、時間があるので海岸に二人で出た。

サーファーがカラスの群れのようにいた。

「あれ一度やってみたくて」

「サーフィンをですか」

「はい」

「じゃやってみましょうか。たしか〝ゴッデス〟というサーフショップが近くにあったはずです。一式借りてやってみますか？」

「はい。でも私、泳げないんで……」

「………」

今日（四月十日）は先生の命日である。

出逢いが生きた証しなら…

七年前の秋、スコットランドのちいさな島へ、モルトウィスキーの取材に出かけたことがあった。アイラ島。スコッチを愛する御仁には〝聖地〟とまで言われている島である。

グラスゴーの空港から小型飛行機に乗って島に渡った。雲の合い間から大小いくつもの島が見え、やがてアイラ島が見えるとなんと、これぞリンクスコースというゴルフコースが真下にあった。ウィスキーの工場見学じゃなければすぐにでもコースに出たい気分だった。

ウィスキーの蒸留所と言うが、大半は密造酒造りに励んだ名残りがあるのが普通である。だから蒸留所は辺鄙《へんぴ》な場所にあるものが多い。

見学を早々に終えて、海を見渡せる工場の裏手の丘に独りで登ってみた。北海からの海風が寄せ、足元の草が揺れ、なかなかの散歩道であった。

——てっぺんまで行って煙草を吸えばさぞ美味かろう。

私は旅に出た時はまず訪ねた街の高い場所に登り、そこから街の全容を見る。地図をひろげて、

——さてどこから攻めるか。

などと検討する。バイキングはどちらから攻めてきたのだろうか、と海を眺めていると、草の中に光る石が見えた。

——何だろう。

と草をどけて石を見ると、そこに何やら動物の足跡が刻んであった。ハリウッドのチャイニーズシアターの前の道にあるスターの手形と同じ感じだ。骨をかたちどったものがあり、そこに〝OUR BELOVED PET SANDY 14½YEARS OLD〟と文字が刻まれてあった。

——犬の墓だ！

サンディーは十四歳半で生涯を終えたのか。よほど愛されていた犬に違いない。おそらくこの丘へ飼い主と毎日散歩に来ていたのだろう。

犬という動物はいったん相手を主人と決めると限りない忠誠をつくす。そのけなげさは人間よりもひたむきである。

私は日本にいる我家の犬のことを思い浮かべた。水平線のむこうに、私のバカ犬の悪戯好きの瞳があらわれた。

――あいつ、どうしてるかな。また兄チャンのドッグフードまで食べて家人にこっぴどく叱られてるんじゃないだろうか。

バカ犬とはいえ、犬の姿があらわれると、愛犬を放って旅に出た自分がつまらない者に思えてくるから妙なものである。


我家には三匹の犬がいて、私を支持してくれているのは一番最後にやってきた犬である。名前をノボル（乃歩る）とつけた。正岡子規の幼少の名前（升）からいただいた。

家人は最初、猫を買いに行き、そこで一番上の犬（亜以須《アイス》）と出逢った（彼女曰く、それは運命の出逢いだったらしい）。その日から家の様相が一変した。これほど動物の世話をする女性だったのかと驚いた。もう一匹は近所にいて、飼い主の奥さんが我家の手伝いをしてくれるようになり、これも愛犬（ラルク）となった。

ところが見ていてあまりに家人とアイスの仲が良いので私は心配になり、もう一匹飼うように提案した。

最初、アイスを飼いたいと申し出があった時も、私ははっきりと言った。

「君が生きている間に犬との別れが来るぞ。その時に耐えられるのか」

家人は決心したように、大丈夫ですと答えた。それでも一匹の犬にかまい過ぎるので、もう一匹を飼うように命じた。

最後まで売れ残っている犬が一匹いると言われた。

「それがいい。そいつを連れて来なさい」

それがノボで、今や東北一のバカ犬である。

この犬がある時から異様に私になつきはじめた。何のことはない家人に内緒で何度か餌をやったためだ。

仙台に帰ると私のそばを離れようとしない。元気過ぎて、ヘルニアになり、病院へ通い、痛みが出るとへたりこんだ。その様子を見ていると痛々しい。痛くとも私の姿を見るとしっ尾を振り嬉しさを伝えようとする。

――いいからじっとしてろ。

夜半原稿を書いている間はずっと一緒にいる。疲れ果てて眠りはじめると、その頬を指で撫でながら、いつか二度と目覚めない時が来るのだと思う。

家人はおそらくアイスとの別れに動揺し、しばらくは悲嘆に暮れよう。ラルクの飼い主夫婦も同様だろう。私とて三匹のどの犬との別れも心身をゆさぶられよう。

いかなる別れになるのか、今は想像はつかないが、それを受けとめるのも生きものと暮らすことなのだろう。

自分が人間であったことを悔むかもしれない。それでもこうして今、一人と一匹で深夜いることが何より大切なのだろう。

別れが前提で過ごすのが、私たちの〝生〟なのかもしれない。

出逢えば別れは必ずやって来る。それでも出逢ったことが生きてきた証しであるならば、別れることも生きた証しなのだろう。

恋に死ぬ男はバカなのか？

近頃、十分に大人の歳になっている人が別れでもめて人を殺めたり、自殺するケースまで出ている。

それは違っているだろう。

出逢ったのだから必ず別れは来ると、どうしてまず腹の底で承知しておかないのか。

たとえば大臣が女性との別離が理由で自死をしたという。七十三歳だった。

その話を聞いた時驚いた。同時に思った。

――まさか……。しかし女との別離が理由ではあるまい。

国会議員という人種はそんなヤワではない。彼等の戦後の自死はすべて、これで政治家としての生きる領域を失なったと観念した時であった。

――もしかして純粋な男で年老いてからの至福の恋愛の果ての死か？

そんな国会議員はいまい。ましてや役人から出た男だ。役人（官僚でもいいが）の九割はあの役所の体質に三年漬かればまず人間として良識を失う。

二日後、週刊誌を読んだが自死するほどの記事ではない。放っておけば済む。週刊誌の記事などというのは七日あれば読者は記事のことを忘れる。

私はあの官僚出身の政治家の死は別に理由があると考えたい。それに人の死は、そこに死がある時点から、尊厳を持って見解を口にすべきだ。彼を生んで育てた親もあったわけだし、生きている家族も友人もあるのだから。

取材に応じた女性も記者も戸惑いはあっただろうし、女性の方は後悔の念もあろう。至福の日々も愉楽の時間もあり、二人は長くともにいたのだから。


男が女のことで自死するのを、バカなことを、と一言で片付けられない。例えば心中というものを人類は続けてきているからだ。

今、心中にまで至るほどの恋愛をする男女が果して何人いるか。それでも恋愛をナメてはイケナイ。あれは人を狂わすことがしばしばあり、そこが人間の摩訶不思議で、私に言わせれば、恋愛を見てると人間はなかなかの生き物だナ、と思わざるをえない点でもある。

恋に落ちて、バカなことを、と噂される男を見て、私はたいした人だと羨ましい。

事業なり、起業して世界一の大金持ちになった成金の男と世界で唯一無二の相手とめぐり逢い死んだ男を比べれば、この世に生まれてどちらが良かったか。世界一の金持ちならこれは悪党に決っている。恋で死んだ男はバカではある。私には答えはあるが書かない。

話が逸れた。男と女が別れるのに死に至るのは特殊な例で、そこまでしなくとも別れ方はあるはずだし、少し前までは男は上手に女と別れた（但し男が辛い思いをせずに別れるなんて都合のイイ話はない）。

男の立場では、女の方が別れた後も何かと大変だろう、と思って対処した方がよろしい。

実際は女の方がはるかに恢復が早いし、少し時間が過ぎれば、そんなことあったっけと平然と口にする。むしろ男の方が愚図々々する。これは昔からの常識である。


〝時間はクスリ〟という言葉がある。

最愛の人を亡くして絶望の淵にいても、時間はいつかその気持ちをやわらげ、新しい光さえ見せてくれる。ましてや死別でなければ、それぞれ平気で生きて相手の知らぬ場所で大笑いもする。

世間一般で言う男の浮気相手（私はこの浮気というのがよくわからない）なら別れるのはさほど難しいことではない。別れに際して男が、金と労を惜しまねばいい。相手が一銭でも多く金が欲しいと要求すれば、あるものをくれてやればいいのだ。世の中の基準が金と思う、そんな女はバカなのだから。

あの人は私の中に生きている

S子さんが今年の初めに亡くなっていたとご主人のH君から手紙が届いたのは一ヵ月前のことだった。

私は少なからず衝撃を受けた。

S子さんは毎年クリスマスが近づくと、可愛い御手製のクリスマスカードを送ってくれた。私はこの十数年、そのカードが届くのが冬の愉しみだった。

御手製と書いたが、正確に言えばS子さんが描いたイラストをご主人のH君が印刷物にして知人に送っていた。

最初に届いたのは、東方の三博士がキリストの誕生を探し当て、星のかがやく小屋でマリアとキリストに祝福を与えている作品だった。小屋から少し離れた場所に子羊が描いてあって、

——へぇ〜、やさしい作品だナ。

と気持ちがなごんだ。クリスチャンの家人に見せると、「あらっ、これは素敵ね」と同じ信仰者同士の感動があったのだろう、いつまでも眺めていた。

一年、仕事場の真ん中にそれをたてかけ、自分の守護神のつもりにしていた。

H君はデザイナーだった。彼と私は若い時代に知り合い、おとなしくて真面目なH君はいつも黙って私が頼んだデザインの仕事を徹夜で仕上げてくれた。誠実を絵に描いたような人で、H君と二人で話していると私は時折自分のしていることが恥かしく思えた。

やがて一緒に働いていた職場を私は離れ、どうしようもない仕事をして生きるようになった。

作家になってしばらくしてH君と再会した。彼は何ひとつ変わっていなかった。

——スゴイナ、この人は……。

と感心した。こちらは作家になってはいたが相変らず出鱈目だった。

私はH君にホームページの仕事を頼んだ。

評判が良かった。几帳面なのである。

或る時、H君から自分たちがキリスト教の仕事をしていると話され、彼の奥さんがクリスマスカードを送りたいと希望していると言われた。それは嬉しい、私の家人も同じ信仰者だと話した。

それが前述したカードである。

H君夫婦の生活振りは知るよしもなかったが、二人が敬虔な信仰者でいるのはすぐに理解できた。教会のためにレンガを贈る話をされた時も、すぐに協力したいと申し出た。そうすると私のレンガの写真を送ってくれた。何をしても丁寧な夫婦だった。

四年前、H君から連絡があり、妻が聖書の物語の絵本を数年がかりで毎月描くことになったと遠慮勝ちに報告を受けた。

「じゃ、二部ずつ毎月送って下さい」

「いいですよ。プレゼントしますから」

「それじゃダメだ。価値のある仕事に支払いをするのは私たちの大事なツトメだから」

それでも一部はプレゼントとなった。

家人が仙台の家の町内にある集会所の本棚にそれを毎月一冊ずつ並べた。

愉しみに読んでいる子供たちがいると聞いて嬉しかった。日本聖書協会の仕事だった。聖書の物語は別に布教だけのためではなく、人間の真理を問える物語として実によくできている（信仰者の方々すみません）。

S子さんの絵は慈愛に満ちて、誠実そのものだった。十冊、二十冊と超えるうちに絵がシンプルになり、色彩はあざやかになった。

——やはり仕事というものは簡素が美しいのだ……。

と自分の仕事を考えさせられた。

私は毎回、感想の手紙を送った。

H君からの、S子さんの死の報せは半年も過ぎた後で、妻の死後、私の手紙を読んで初めて感想のことを知ったお礼が綴ってあった。

——そんなことより……。

私は手紙を読み終えて思った。

今年の初め、S子さんは召され、仲間に送られたのだろうが、私は彼女の死をその日まで知らなかった。

H君の手紙が届いても今もその死を信じられないし、現実とは思えない。私はS子さんと一度も逢っていない。けれども十数年、彼女のクリスマスカードを毎日見つめて、イイナ、と思って仕事をしてきた。

S子さんはどんな目で、どんな表情で真っ白の画紙に絵を描いていたのか。

私にはS子さんの姿が想像がつく。

もう二度と彼女からクリスマスカードは届かないが、十数枚あるカードから毎年選んで仕事場に置けばいいと思っている。

男と女の別れ方はまちまちである。

〝便りがないのは良い報せ〟という言葉がある。私たちは現象ばかりを見つめて、喜び、戸惑うが、一度も逢わずとも好ましい男女の関係がある。同時に美しいS子さんはずっと私の中に生きている。

第二章

楽して得られるものなんてない

サヨナラだけが人生だ

メジャーでの再帰を目指して、今ニューヨークでトレーニングに励んでいる松井秀喜選手の夫人から、家人と私にあててメールが届いた。

二人とも元気でいますとの文面を読んで、安堵した。その文面からは松井選手が日々の暮らしの中でやるべきことをきちんとやっている様子がうかがえた。

松井秀喜選手が今どうしているのかと心配しているファンは日本に大勢いるので敢えて彼と家族が元気にしていることを書かせてもらった。

夫人もおそらく結婚をして、毎日が遠征続きで二人でゆっくり過ごす時間もなかったから、今は辛い時であっても、それはそれなりにそれまでは見えなかった互いのことが見えたりしているに違いない。

それは二十年以上、日々野球漬けだった松井選手にも言えることだろう。

人間というものは哀しいかな、辛酸を味わう時に真の姿が見えることが多い。

それはたとえば長く連れ添っていた夫婦のどちらかが病魔に襲われ、それまで忙しく立ち働いていた二人にめぐってきた静かでゆったりとした時間の中で見つめるものであったりする。

私にも若い時に、これに似た経験があり、

――こんなふうになってからでないと、それに気付かないとはつくづく自分はダメな男だな……。

とその時は思ったが、同時に、それをまるで知らずに人生を終えるより、少なくとも気付かされてよかったと思った。

ところがそれに気付いた時には二人に残された時間が短か過ぎたりする。

人間の生きる時間というのはそういうものなのだろう。

丈夫でいたり、災いがない時は、それに気付かないのが人間というもので、それに気付くと、出世や、名誉や、ましてや金などたいしたものではないことがわかる。

奇妙なもので、あの人を見ると安堵すると感じる人は不思議と切ないことや苦しいことを経験している人が多い。

世の中にはそういう経験をした人が意外と大勢いるものだ。


人と人の別離は必ずくる。

作家の井伏鱒二が漢詩から取った言葉ではないが、〝サヨナラだけが人生だ〟というのは真理である。

友人のH君の亡くなったS子夫人のちいさな展覧会に、私の原稿を読んで鑑賞に出かけて下さった方が大勢いたとH君から聞いた。お礼を言いたい。

創作というものは、その作品の出来映えの良し悪しを見勝ちだが、どんな作品にもそれをこしらえた人の精神というか(魂でもいいが)、情熱がそこに宿っているものだ。

それは絵画の鑑賞をすればわかる。百年以上経っても画家の情熱、歓喜のようなものが伝わってくる。そこに見えるものは人間が本来生まれた時に持ち合わせてきた、他人へのいつくしみや、こころのゆたかさだ。

国というものが経済で成り立っているという考えが、今は当然のように言われるが、それだけであるならその国はやがて滅んでしまうだろう。

自分以外の人に喜んでもらうために与えられた仕事を懸命にやり、何かを創造し続けることこそが、一国を成立させているべきなのだろう。何やら書いていて、爺臭いというか、理屈をこねているようにも感じるが、松井夫人の文面を見て、伝わってきた感慨が、そうさせたのかもしれない。

松井選手はこれからどうするのか。

それは私にはわからない。

ただここが彼の人生の正念場である。

ラクな道を選ばず、自分の信念をまげずに、周囲が何を言おうが、己が何のためにこの世に生まれてきたかを問うことだ。これまで自分を支えてきてくれた人たちに、何ができ、何をすることが支えてきた人々の甲斐になるかをじっくり考えて、身を処せばいいのである。

ややこしいことでも、難しいことでもない。苦境、苦節こそが人間を成長させ、真価を得る。大人の男が苦境の時にすべきことはひとつしかない。信じたことを普段の何倍もやることである。そうすれば必ず道はひらけるし、光は差してくる。

昔、詩人のサトウハチローが現役時代の長嶋茂雄に、長嶋は今もどこかで汗を流しているんだ、それに私は感激するのだ、と詩を贈った。

た易い道を選ぶのはヒーローのやることではない。人生は結果ではない。だから金に換算できるものではない。十年前、日本で一番のスラッガーが、命懸けで戦ってくると約束したのだ。当人が戦い切ったと思えるまでやればいい。

たとえ人が、バカなことをと笑ってもかまうことではない。正しいことというのは半分以上が人の目に見えないことだ。

癌を患った友の話

先月の下旬、池袋にあるMホテルに家人と出かけた。

大学の野球部で同期のY山が、池袋でうどん店を開いて三十年になるので、その祝いを馴染みの客とY山の世話人が催そうということになり案内状がきた。

「三十年になるの、あのお店……。よく頑張ったわね、Y山さんも奥さんも」

家人が案内状を見て感心した。

「Y山さんが今日まで元気でいてくれて何よりよ。あの時はもうダメだと思ったもの」

家人が話したあの時とは、Y山が肝臓の癌を患い、入院先から私に連絡してきた年の瀬のこ

とであった。

「おお、おまえ、俺はもうダメらしい」

Y山は電話のむこうでいきなり言った。

「何がだ？」

「死ぬらしい。やはり肝臓の癌がひどい。あと三ヵ月だと医者に言われた」

「……それで」

「ただ助かる方法がひとつあるかもしれんのだ」

「それは何だ？」

「生体肝移植だ」

生体肝移植の話は新聞で読んで知っていたが、すぐに上手く行くとは聞いてない。

「誰の肝臓を移植するんだ。誰でもいいなら俺のを半分使えよ」

「バカを言え。おまえみたいな酒飲みの肝臓だとそれこそ死期が早くなっちまう」

「ハッハハ」

私が笑うとY山も受話器のむこうで笑っていた。人間とは奇妙なもので真剣、深刻な状況の真ん中にいると笑い出すことがある。人間が本気で怒った時も笑う瞬間がある。

「それで執刀医には会ったのか？」

「話はした。人の善さそうな先生で。俺の肝臓の中にはすでに百を越える癌巣があるよ、スゴイネっと説明してくれた」

「スゴイって何だ?」

「よく生きてるなってことだ」

「面白い先生だな」

電話を切って、あいつが必要なら私の肝臓を半分渡すと家人に言うと、あなたは身体が丈夫だから半分ならいいんじゃないの、とさらりと言われ、でもあなたのは飲み過ぎで使いものになるかしら、と続いた。

——チェッ、同じことを言いやがる。

私は腕一本、足一本切られても、それがどうしたと考えている。これは父親から教わり、そうなっても十分生きられるのが人間だと子供の頃から言われてきた。

Y山は執刀医のいる京都へ行き、手術を受けた。

Y山と私が最初に逢ったのは四十三年前の冬であった。R大学の野球部のセレクション(野球の試験)で顔を見た。

「あれが網走南ヶ丘高校のエースのY山だ。プロのドラフトもかかったが大学進学を決めた。

あれが今回のセレクションの第一位だ」

背の高い若者はなかなかの好男子だった。

Y山も、私も合格し、入学式の前から埼玉の志木にある野球部の寮に入寮した。春の遠征も二人で選ばれた。私は野手だから重い荷物をかかえ関西遠征でヘトヘトになった。

今と違って先輩のシゴキがあり、感心するほどよく殴られた。耳は聞こえにくくなり、唇は切れるし、蹴られればあちこち傷が残ったが、若い同士のやることだから何ということはなかった。二年生の夏、私が肘を痛めて退部を決めると、Y山だけが親身になって残るように説得した。有難かった。

Y山は卒業の年度にジャイアンツに一位で指名を受けた。契約金は三分の二を家族に、三分の一は自分の飲み代にしたという。それじゃ肝臓が悪くなるわな。

七年の現役生活でプロを去り、第二の故郷である池袋で「立山」なるうどん屋をはじめた。何もかも初めてのことだ。

店が三十年続いたのは彼の奥さんのA子さんのお蔭である。Y山の身体にはA子さんの肝臓が入って、この男の底力になっている。

A子さんは小柄だ。Y山は百八十センチを越える元プロ野球選手だ。女性の肝臓の一部でこの大男の肝機能が回復し、働き続けることは千にひとつだった。この難手術を見事にやり遂げたのが、〝生体肝移植の父〟と呼ばれる田中紘一先生だった。

「いや先生、おひさしぶりです」

「やあ伊集院君、今年の新入社員諸君への言葉も良かったよ。元気そうだね」

先生の手を握ると、いつも熱い。握っていると涙腺がゆるみそうになる。

——あなたのお蔭でこんなパーティが。

それにしても感心したのは池袋のちいさなうどん屋の周年祝いにこれだけの数の人が来て、皆が嬉しくてたまらないという顔をしている。元巨人軍の監督の、Y山の兄貴代わりの堀内恒夫氏が会が無事取り行なわれるように見守っている。家人が皆を見て言った。

「あなたよりY山さんは格がふたつ上だわ」

「そんなもんじゃないだろう」

Y山と出逢い、こうしてつき合ってもらえることに私は感謝した。

大人の男は努力を見せない

ひさしぶりに洗濯をした。

ズボンを二本、東京のホテルの浴槽の中で石鹸《せっけん》をつけて洗った。

洗いながら、洗濯をするのは何年振りになるのだろうかと思ったが、思い出せない。

大学の野球部の下級生の時代、同部屋の先輩のユニホームや肌着を洗った記憶があるが、それ以降はない気がする。

下北沢に男ばかりで住んでいた時期があったが、あの時も歳下の後輩が洗濯をしていてくれた気がする。そう考えると自分の衣服、肌着をずっと人が洗ってくれていたのだから横着な人生を送っている。

ズボンを水に浸たすと、どこが汚れているのかわからなくなった。それに石鹸ではなかなか泡が立たず、汚れが落ちたのかどうかもわからない。

どうして洗濯をしたかと言うと、翌日、ロスアンゼルスに出かけるのだが、むこうで穿《は》くズボンがなかったのだ。

東京の常宿のホテルは客の洗濯物はすべて外注に出すので間に合わない。

水洗いで洗濯物をすすぎ、バスルームに干した。

——明日までに乾くだろうか。

心配になってフロントに電話した。

「ズボンを洗って早く乾かしたいんだが、乾燥室はありますか？」

「はい。乾燥室はありませんが似たようなものはあります」

夜、乾いて上がってくるとやはり汚れは落ちてなかった。

——洗濯機というのはなかなかの奴だナ。いや洗剤がなかなかなのかもしれない。

もう一回洗ってみようかと思ったが、明日の出発までに書き終えなくてはならない原稿もあるのでよした。

まさか「原稿まだですか？」と訊かれ、「すみません、洗濯してたものだから」と言っても誰も信じる編集者はいない。

二十年近く前にハワイへ行き、そこから原稿をFAXで送ることになっていた。ところがハワイ諸島を大型の台風が襲って、島全体が停電になった。

日本から原稿催促の電話が夜に入った。

「悪いが、今、停電で原稿が書けなくて」

「………」

相手はしばらく黙ってから言った。

「よりによってそういう言い訳はよして下さいよ」

それほど信用されてない作家だった。

締切りが過ぎていて、まだ原稿が山ほど残っている時、あの出版社にミサイルか何かが落ちないかナ、とか印刷会社が火事にならないものか、と妄想したことがあった。

遅筆というより、遊んでばかりいた作家だった。いっとき編集者の間でイニシャルにIがつく三人がともかく原稿が遅いから気を付けろ、と噂になっていた。私と、もう一人は井上ひさしさん。あとの一人はわからない。

井上さんがどうして遅いのかは知らないが、一度井上さんの小説の舞台になる架空の街の地図を見ると、綿密で地図そのものが作品に思えた。私は感心して、それを見せてくれた老編集者に、素晴らしい地図ですね、と言うと「こういうことに一生懸命だから、肝心の原稿が遅れるんだなあ」と口惜しそうに言った。

締切りの最中に面白い本を読んではいけない。読みはじめると止まらなくなり、催促の電話が来ても、今、書いてます、などと嘘をつかなくてはならなくなり、とうとう徹夜で読んでしまい、挙句、自分が書こうとするものが実に面白くないものだと筆が進まなくなってしまう。

私はテレビや映画のDVDなどはほとんど見ないので、それに夢中になることはないが、若手の作家の中には、そういう人が必ずいるような気がする。

以前は海外旅行の間も原稿を旅の途中で書いてFAXで送っていたが、今はもうそこまでやらない。

私はワープロではなく手書きなので、深夜いちいちホテルのフロントに原稿を持って行くのが疲れてしまうからだ。それに私は大きなホテルが嫌いなので、フランス、スペイン、イタリアのちいさなホテルに宿泊していると深夜のフロントには英語が話せない人が多く、アフリカから来てまだ片言しか話ができない大男と二人で夜中に調子が悪くなったFAXの機械を前に、あれこれやっていると自分のしていることが嫌になってしまう。

旅の前にきちんと仕事をこなしていないこちらがすべて悪い。こう書くとイイ加減な作家だと思われるが、以前、眠たくても仕上げなくてはならない時、机についているとそのままうつぶせで眠ってしまいそうなのでホテルの部屋の壁に原稿用紙をピンで止め、立って原稿を書いたことがあった。そうして立ったまま眠っていた。

人生には締切りがある

ロスアンゼルスにいる。

あと数時間で帰国の途に着かなくてはいけないのだが、この原稿を入れておかねばならない。締切りとはそういうものだ。

目の前がゴルフコースのホテルだ。

友人が先刻、一人でスタートした。彼には締切りがない。私にはある。

仙台でも夜半、犬が目を覚ましてきて、ボールをくわえていたりする。

「遊んでくれ」

目も身体もそう言ってるのだが、

「なんだ。こんな夜中に、そのボールは」

私は犬でも、知らぬ子供でもきちんと話すようにしている。

「今、仕事中だ。隅に行って寝ろ」

口調を少しばかり険しく言うと、黙って引き下がる。それでも一度目を覚ましたせいか、うろうろしている。

ようやく静かになり、様子を覗くと、ふてくされ気味に横になっている。

「おまえいいナ。締切りがなくて」

そう言ってもわかりはしない。

締切りが控えた日の夕暮れ、食事がてらに銀座に出て、焼鳥屋でも、鮨屋でも寄ってカウンターからオヤジ、若大将の仕事をぼんやりと見ていると、つい言いたくなる。

「オヤジはいいナ。締切りがなくてよ」

「若大将はいいナ。締切りを知らんだろう」

作家という仕事のことをあまり知らない人からこう言われることがある。

「よくまあ次から次にいろんなことが書けますね。何か秘訣でもあるんですか？」

そんなものはありはしない。

「仕事ですから書いてるんですよ」

「突然、ゴルフのイップスみたいに手が動かないというか、何も頭に浮かばなくなることはないんですか」

「そうなったらさっさと退《や》めますよ」

「あなたがいなくなったら出版社が困るでしょう」

「それはまったくありません。出版社というのはそんなに弱いもんじゃありませんし、作家の替えなんていくらもいるんです」

嘘だと思うなら、出版社の社長に訊いてみるといい。作家も棚に陳列してある商品と同じで品切れになれば次の作家がそこに置かれる。そうして何事もなかったように彼等は店先に出て客を呼び込む。

「いらっしゃい。新鮮なのが入りましたよ」

出版社が冷たいと言ってるのではない。作家と出版社はそういう関係だと言ってるだけだ。企業の性格としては銀行ほどあこぎではないし、冷徹という体質ではない。むしろ甘い方かもしれない。

下の娘が小説を書き出して本を何冊か出版した。最初の本は父と娘というので話題になった

が、二度、三度の時は世間は何も言わなくなった。面白くないからだろうが、周囲は娘にそう
とは言わない。私は読んでないので何とも言えない。

書く前なら言えた。

「やめとけ、つまらんことをするな」

――つまらんことですか？

少なくとも面白い仕事ではない。

ホテルの部屋の窓から愉しそうにフェアウェーを歩いている友の姿が見える。

「あいつは締切りがないからナ……」

枚数が来た。締切りがひとつ片付いた。

忘れ去られるものたち

週末の夜、東京駅の構内で公衆電話を探した。

たしか十年近く前に、公衆電話を使った記憶があった場所へ行ってみると、やはりそこにあった。駅構内の本屋のそばだ。

鞄に小銭が入っていたので仙台の家に電話を入れた。駅に着く時間を報せておけばおおよその帰宅の時間がわかる。

「どうしたんですか。この通知」

家人は携帯電話に表示された公衆電話という文字を見てそう言ったのだろう。

「公衆電話からだ。携帯をホテルの部屋に置いてきた」

「忘れたんですか?」

「いや、時間が迫っていて、探すのも面倒臭かったから」

到着の時間を報せて電話を切った。

その電話で小説誌の編集部に今夜、仙台に戻って原稿の続きを書く旨を告げた。

もう一件、銀座の鮨屋に、夜遅く立ち寄るかもしれない、と言ったことを断わろうとした。

そこで手が止まった。

鮨屋の電話番号を覚えていなかった。

六年前に銀座に出た後輩の鮨屋の番号を記憶していない。何番だったか、と思い出そうともしなかった。

どうしてか? 番号を覚えようとした記憶がないのだから覚えているわけがない。

自宅も、小説誌の編集部も二十年以上前からのことだから頭に入っている。

神楽坂の鮨屋はどうだ? こちらは少し怪しいが覚えている。天神下の鮨は? と思い出そうとしてやめにした。鮨屋、鮨屋って、マグロの仲買いをやってるんじゃないんだから。

なぜこうなったか。携帯電話である。すべてはアレのせいである。正確に言えば携帯電話の番号登録機能を覚えてからだ。

それ以前は五百や千の番号は暗記していた。

その電話を公衆電話からかけている時、残るふたつの電話機に電話をかけに来る人は誰一人いない。それどころかすぐ正面にあるカフェのガラス越しにこちらむきに座った女たちが、私の方を見て話をしている。あきらかに私の話をしている。

「あら見て見て、珍しい。公衆電話から電話してる人がいるわよ」

「本当だわ。変な人ね。携帯持ってないのかしら、あの人。日本人とは違うのかしら」

そんな感じだ。

電話を切ってみっつの電話機を見た。

――おまえたち可哀相だな……。

その時、私は七、八年近く前の夕刻のことを思い出した。

そうだ！ たしかに、この場所で、この公衆電話たちだった。その時はもっと電話の数も多かった。その頃、携帯をほとんどの人が持ちはじめていたが、私は衣服の中に財布さえ持つのが嫌で、ましてや大人の男が電話なんぞをどうして持ち歩かなくてはいけないのだと携帯を持たなかった。

私と同じ考えの男たちもかなりいたが、一人、また一人と携帯を持つようになり、持たない私が変人扱いされていた。それでも電話を持ち歩くというのは私の考え方にはなかった。第

一、遊びの場所に仕事の用件がかかってきては興冷めである。

その主義を貫いていた或る日、東京駅の構内でどうしても連絡しなくてはならない用事ができた。その時、ここの電話を使っている人が結構多くて、私は電話機が空くのを待っていた。何となく公衆電話を使っている人たちを眺めた。すると大半の人が相手に謝っていたり、手にしていた手帳を落したり、汗だくだったりした。

――もしかして携帯電話を持ってない人って大半が仕事ができなかったり、失敗ばかりをしてる人たちなのと違うか？

と妙な疑問が湧いてきた。やがて確信した。

その話をすでに携帯派の家人に言うと、

「そうかもしれませんね。時代遅れのね」

取りあえず持つことにした。

それでも使うのはほとんどが海外出張の時で、日本にいれば使うことはなかった。

それが、あの震災で、地震の直前に役立った。それに続いた大きな余震の震源地を確認できたことでも貢献してくれた。

今は地震の予知と災害の際の家族の安否の確認で持っている。

私はもう一度、公衆電話を見た。

——おまえたちが見直される時が必ず来るから。

私はそう確信している。なぜなら皆が同じ機能のものを持ち、それが生活の大半に関わっているなら、何かの事故の時、機能を果たさなくなれば全員がパニックになるに決っている。

「携帯がないってのも楽でいいナ」

今回、私は家人に言った。

「あら、もう携帯じゃなくてスマホの時代なんですよ。携帯の売り場なんてほんの少ししかありませんから」

時代遅れで何が悪い

携帯電話のことをもう少し書く。

今、私の後輩や、若い編集者たちは二台の電話機を持ち歩いている。

そう言うと、二台の電話機と言うのがすでにおかしいと後輩に説明された。

「どう違うんだよ。今までの携帯電話とスマートフォンは?」

「ぜんぜん違うんです。携帯電話は電話機の中にパーソナルコンピューターの機能の一部を入れてるんですが、スマートフォンはパソコン（略）の中に電話の機能が入ったんですよ」

「それのどこが違うんだよ。どんぶりのぶっかけのそばの上に油揚げを載せたのと、油揚げが入ったどんぶりにツユとそばを入れただけの違いだろうよ。どっちもきつねそばじゃねえか」

「………」

後輩の目が点になっていた。

その表情を見て、私が言ってることがかなりズレていることだけがわかった。

要するに電話の機能よりパーソナルコンピューターの機能を優先する人間が多いってことだろう。そんなことわかってるよ。

そうだとしても言わせてもらう。

いい大人が二台もそういうものを持ち歩いて……、えっ、それは今スマホの電話がかかりにくいからだって、何だよ、スマホって、スマートフォーンの略？　じゃキャッチホーンの機能は、キャッホかよ。サルが悲鳴あげてるんじゃないんだから。


話がそれるナ。

だいたいいい大人が、どうしてパソコンをいつも持ち歩きたいんだ？

ボクたちの暮らしはパソコン抜きでは考えられないし、世界とのつながりも、情報ひとつにしても新聞やテレビの情報ではもうダメなんです、ってか。

私も新聞、テレビはほとんど見ないが、それで生きて行くのには困まらないがナ。

風情という言葉をご存知だろうか。

あの人は風情がイイとか、悪いとかでも使う。

情緒という表現をご存知か。

あのたたずまいには情緒がある、とか、情緒にあふれたシーンだ、とか使う。

たたずまいも情緒もわからないって？

君にはもうこれ以上話さない。

いい大人が、あのスマートフォンを操作しているのを初めて見た時、私は何をしてるのか、と思った。

——手相を見とるのか？　アヤ取りしてるのか？　こんな昼間から。

と見えたし、近づいて何をしてるのかと問うと、ほらこうやってタップするんですよ、と言われ、おまえさん、真昼間からゲームしてるのか、と言ったほどだ。

「遅れてますね、伊集院さん」

「何に対して俺が遅れてるんだ？」

「時代ですよ」

——時代？

そりゃどんな時代だよ。今ってことか。それとも近い将来か？

じゃ聞くが、君たちに、今を、時代を捉える目があるのかね。君たちの言ってることは新しい遊び道具をどう使うかってことで、ガキが遊び場で話してることを説明してるだけのことと違うのか。

電話を持ち歩かなきゃならない理由すら、どこにあるのか私にはわからない。

携帯にかかってくる電話も友人の中の何人かに出るだけで、あとは出ない。留守電の機能もない。電話には生きる上で大切なことはいっさいかかってはこない。

だから電話で済む用などは大人の男には存在しない。ましてや仕事が電話で済むはずがない。これは大人の常識である。

便利が正しい、という考えは正しくない。

あの人、便利に使われちゃって……という言い方を見ればわかる。

第一、スマートフォーンを使ってる姿には風情、情緒がない。

母が教えてくれた世間の形

先日、母の誕生日があり、電話を入れると、綺麗な花をいただいて有難うございます、と相変らず丁寧に礼を言われた。
姉の一人から果実が届いたという。
そうか、あの姉にも少し余裕ができたのだ、と思った時、母がぽつりと言った。
「こうしてあなたたち子供やお友だちから祝ってもらってしあわせです。世間にはそうしてもらえない人の方が多いんですから」

この人の発想はいつもこうなる。

常に世間には自分より切ない生き方をしている人が大勢いる……。

私も子供の頃からそう教えられた。

でもそれを黙って聞いていたわけではない。何しろ聞き分けの良い子供と言われたことは（自慢じゃないが）人生で一度もない。

その点、弟は驚くほど従順で、母の言うことは素直に聞いた。持って生まれて人を信じることができる能力があったのだろう。

私は違った。今もそういう能力に欠けている。子供の私には私なりの理屈があった。

「マー君（弟のこと）な。そうやって何でも聞いとったらダメじゃぞ。他所《よそ》の家なんかは正月のお年玉を百円はもろうとるんだぞ。我家《うち》だけなんじゃぞ。歳の数で十円ずつは。お母《かあ》やんが言う、お年玉ももらえん家がようけ（たくさん）あるいうのは金を出しとうないからかもしれんじゃないか」

「………」

弟はじっと私を見て言った。

「でもボク嬉しかった」

「チェッ、おまえは世間がわかっとらんよ」

だから少年の私は悪ガキたちと磁石を地面に引きずって釘や金めのものを集め、スクラップ屋に売って駄菓子屋に行くしかなかった。

母は小遣いをいっさい子供に与えなかった。鉛筆がちびた（減った）と言うと、その鉛筆を見せなさいと言われ、キャップを付けて使わされた。それが当たり前だった。

母の目から見た世間で、子供たちは社会を学んでいたように思う。

母の口から人の悪口を聞いたことは一度もない。

喧嘩好きのゴンタクレが盛り場で誰かを半殺しにしたと聞いて、母に話すと、

「よほどの訳《わけ》があったのよ。誰が好きで人をそんな目に遭わせるの。悪く言ってはダメよ」

私はゴンタクレのタコ入道のような顔と頭のいくつもの傷を思い浮かべながら、

――あいつ本当に悪い奴に見えるんだがな。

と首をひねったりした。

母は父の元に嫁に来る時、母親から言われたそうである。

「男の子を三人産んだら、道に人を殺《あや》めた人が縄をかけられて歩いているのを見ても決して〝人殺し〟などとは言うてはなりません。女の子を三人産んだら、道の角に身体を売る女の人が立っているのを見て〝娼婦〟〝パンパン〟と決して言ってはなりません。男の子を三人産んで育てれば一人は間違って他人を殺める子供はできるものです。女の子を三人育てれば一人は

身体を売らねば生きて行けない生活になるかもしれません。それが世間です」

私は母からたいがいのことを教えられた。

書道は新聞紙が墨で真っ黒になるまで書かされたし、俳句、短歌も諳《そら》んじていた彼女の口から一茶、芭蕉、与謝野晶子まで聞かされた。絵画もそうである。通信簿オール1の少年が初めて図画で良い点をもらうと、絵の勉強に行かせてくれたし、絵画展も忙しい中で連れて行ってくれた。

こうやって書き連ねると、何やら母が死んだような文章になったので、このくらいにしておこう。

姉の一人に余裕ができたと前述したが、この姉は驚くほど自分のことしか考えない人で、子供の時、何かの拍子に母にむかって、

「私、こんな家に生んでくれって頼んだ覚えはないわ。こんな家に生まれたくなかった」

と目を釣り上げて言った。

――スゴイこと言うな……、と私はビックリした。母は姉の頬を叩き、姉は泣いた。

翌日、学校の道徳の時間に先生に、何かわからないことがあったら何でも訊きなさい、と言

われ、私は昨夜のことを訊いた。

「先生、子供は親に頼んで、その家に生まれるんですか」

先生は問題児の発言にきょとんとして、何を言っとるんだと目を剝《む》き、事情を話すと、顔色を変えた。

「頼むも何も、おまえはまだ生まれとらんのだから、どうやって頼むんだ?」

——あっ、そうか。

「つまらんことを言って。いつもおかしいことを……。ふざけて、わざと言っとるのか。廊下に立ってろ」

花の名前も母から教わった。

では彼女は物識《ものし》りの、優秀な女性であったのか。私はそうではないと、今はわかる。彼女も子供のためにきっとどこかで必死に勉強をしてくれたのだと思う。それが今頃になってわかるのだから何百回も廊下に立たされたはずだ。おかげで足腰は丈夫に育ったが。

安けりゃいいワケないだろう

事故は連鎖するものなのだろう。

京都・祇園での暴走による事故。通学中の子供たちを襲った亀岡市での事故。

そうして連休に入った四月二十九日、藤岡市の関越自動車道での高速バスの事故。

いずれも複数の死亡者が出ている。

高速バスの事故は、取材のヘリコプターからの映像でも、あれほど車体が変形しているのだから、時速百キロメートルを越える速度で側道の壁にぶつかったのだろう。

事故が起きた時刻が未明の四時四十分頃というから、おそらく乗客の大半は眠っていたに違いない。

高速バスを利用する人が増えていることは聞いていた。

ひとつは料金が格安だかららしい。

二十八日の夜に金沢駅（石川県）、高岡駅（富山県）から乗客を乗せてディズニーランドにむかっていた。ＪＲの寝台列車「北陸」と急行「能登」が廃止されたのも、この方面の人たちが高速バスを利用する一因かもしれない。

ツアーバス事業を旅行会社に解禁（二〇〇〇年）したことで貸切りバスの会社は緩和前の二倍近くになったという。格安競争が激化した。

貸切りバスを持つ会社は旅行会社の要求を受け入れないと経営が立ちいかなくなる。ともかくフル稼動で客を運ぶような状態になっていれば、負担が運転手にくるのは当然のことだろう。

ここ数年、海外でもツアーバスによる事故が頻発している。どこの国のバス会社も事情は同じなのだろう。

関係者の話を聞いていて、私が奇妙に聞こえたのは、このツアーを企画した旅行会社の人間が、自分たちには何の落ち度もないと平然と言っていたことだった。

——オイオイ、事故を起こす可能性のある下請会社を選択したのは君たちじゃないのか。聞けばバスでの事故は旅行会社はいっさい責任を負わなくていいらしい。

——そりゃ法律がおかしい。

二十七年前、長野市の国道からスキーのツアーバスがダムに転落して大学生たち二十五人が亡くなった大惨事があった。あの教訓でバスツアーは運転手の管理をよほどしなくてはならないことは学んでいたはずだ。

今回、事故に遭った乗客の大半の連絡先が判明していなかったという。インターネットでチケットを購入した人は氏名（当人でない場合もあった）と携帯電話の番号しか把握できていない。

ということは、これはツアーではなく、高速を走るただの格安の路線バスと違うのか。国土交通省はチェックしていたのか。

そうして犠牲になるのは弱者である。

切ないことだ。冥福を祈ろう。

この頃、社会のひとつの風潮として、〝安ければそれが一番〟という考えが正しいがごとくひろがっている。

衣服などでも驚くほど安いものがあり、これでは製造メーカーは立ちいかないだろうにと思ってしまう。

発泡酒とビールは、私はまったく違うものだと知っている。ビールを作るには、それなりの価格が出るのは当然で、本物のビールを晩酌で飲めるように大人の男は働き、収入を得ているはずだ。

価格競争は企業を、商品を偏向させる。

物の正当な値段は、私たちの労働価値と対等にあるものだ。

価格破壊は企業本体を破壊しかねない。

〝安物買いの銭失い〟という言葉があるが、あれは本当だと私は思っている。

もうひとつ安過ぎることの弊害は、物を大切に扱わなくなってしまうことがある。

これが社会に蔓延すると、その国の柱がおかしくなる。

〝食べ放題〟というのも好きじゃない。

おかしいじゃないか。いくら食べても同じ値段なんて。身体をこわすに決ってる。

「大人になったら人前でがつがつ食べるもんじゃない」

私はそう教えられた。第一、毎回腹が一杯になるまで食べていたら、仕事をする時間が、遊ぶ時間がなくなると思うのだが。

金のない食べ盛りの若者はいたしかたないが、ああいう場所で懸命に口を動かしている女性を見ると、たしなみはないのか、と言いたくなる。

人生に無駄な経験などない

〝何事も経験〟という言葉がある。

私はこの言葉は男への訓だと考えている。

言葉の解釈は、どんな事柄、出来事であれ、それを身体なり、こころで当事者として接したことは無駄になることではない、という意味で、この訓を少し発展させて捉えると、人生で遭遇したことはどんなことでも〝無駄なものは何ひとつない〟というあたりか。

私は十歳の春に、地元にあった大手工場の野球のグラウンドに仲間と野球をしようと約束し、いつものようにこわれた塀の穴から中に入り仲間を待ったが誰一人来なかった。それでも一人でフェンスにボールを投げて皆を待った。ところが一時間過ぎても誰も来ない。そのうち社宅の並ぶ少しむこうでスピーカーからがなり立てる人の声がした。運動会でもやってるのかと思った。それでこの工場に親が勤めている仲間もあらわれないのかと思った。

やがてサイレンの音がして煙りが上がるのが見えた。スピーカーのがなり声も続いている。

――火事だ。

私は煙りの立つ方にむかって走った。

火事見物が大好きだった。

やがて近づくと女の人が走って逃げてくるのが見え、シャツを血だらけにした男が人にかかえられ何事かを叫びながら事務所に入った。大変な火事だと思った。工場の事務所から煙りが上がり、その建物の前にトラックが並んで、群がる男たちが旗を持ち、棒を持ち、それで相手を殴り付けていた。倒れている人もいた。警察官も警棒で相手を殴っていた。

――何んだ？　何んだ？

私が目を丸くして見ていると、いきなりこっちにむかって走ってきた男とぶつかり、どけっと怒鳴られ、私はもんどり打って倒れた。

一人のオバさんに腕を引かれて、その場から離れ、塀の穴から外に出て入江沿いの道を歩いて家に戻った時は日が暮れていた。

母は私の格好を見るなり形相を変え、

「何があったの？　何をしたの？」

と顔や背中、身体をチェックした。

後頭部から少し血が出ていた。

「何をしたの？　言いなさい」

私は子供の時から必ず、悪いことはこの子がすると決めつけられていた所があった。見てきたことを母に告げると、母は手を口に当て、言葉を発しなかった。それからの叱りようは半端ではなかった。

会社と組合の争議で、他所の街からも組合の応援部隊が集まり、数日前からの不穏な空気を大人たちは皆知っていたらしい。

父が家に戻ってきて母が珍しく声を大きくして説明していた。母に父のそばで正座してろ、と言われた。

——こりゃ殴られるナ。

夕食の膳の前に座った父は私を手招き、頭を見せてみろ、と言い、もう血糊になっとるナ、危ない所には行ってはいかんぞ、とそれだけでビールを飲みはじめた。母は父の態度に不満そうだった。

父は何か考え事をしているようだった。台所から母の、巻き込まれて大怪我をしたらどうするの、と声がし、父はちらりとそちらを見て言った。

「大人が大声を出しとったら近づくな。わかったか。まあたいしたこともなかったし、何事も経験じゃ」、と言って小犬を追い払うみたいに手で私にむこうへ行け、と命じた。


松井秀喜君のことで、スポーツ紙は彼を欲しいという球団がないと書く。これで引退に追い込まれるとも書く。新聞記事というものはスキャンダラスなものを好む。スポーツ紙だろうが、一般紙だろうが基本はすべて同じで、元々が世間の噂を記事にして大衆に読ませたのが新聞だ。大衆はスキャンダラスなものを好む。そうであるから新聞も、記者も所詮、正義だ、理想だと語るのは端っからおかしい。

私は今回の松井選手の立場は、当人も家族も辛いかもしれないが、彼にとってはむしろ良いことかもしれないと考えている。

何事も経験である。

彼は歳のわりに人間ができていると言われているが、私は三十八歳は、その歳なりの所にしか人としていないと思う。

甲子園のスター、巨人軍の四番、ヤンキースでWシリーズのMVP。花舞台の申し子のごとき野球人生だ。

話す機会が、時折あり、性格も、礼儀正しさも、皆一級だが、足りないものがあるとしたら、辛酸を舐めた経験が、あの骨折以外にない。人が自分を認めてくれないというのは世間の半分以上の人が受けていることである。それも知る方がいい。

大人の男は、辛い、酸っぱいトンネルを抜けて出てくれば、風情、かたちが良くなる。

私は時々、彼に言う。野球だけが人生じゃない。人生を好打できる方が百倍もイイ。

第三章
正義っぽいのを振りかざすな

マーケティングという名の巧言令色

政権の支持率が下がったと、テレビのアナウンサーはわかったような顔で報道するが、——あの支持率は本当のことなのか。

一億三千万人の民意をあれで計れるのか。

その数字がきちんと国民の声を代表しているという根拠は何なのだ。

電話を受け取った人間が、その時、どういう感情でいたのか、どういう立場でいたのか、普段、政治のことをそれほど考えているのか、まったく見えないのと違うか。

それを上がった下がったと、ダイエット商品を購入してことあるごとに体重計に乗ってる女たちの見る体重計の目盛とたいしてかわらないのではないか。

日本の調査会社というのは一九七〇年代に〝マーケッティング〟という言葉が使われるようになり、マーケッティング、すなわち市場を調査するのに必要なため、市場調査というものがはじまり、そのノウハウがごっそりアメリカから入ってきた。それをしたのは広告代理店で、そこから調査会社なるものが生まれた。

ただし、自分たちのデータに合わないものは平然と改竄《かいざん》した。データの改竄は市場調査がはじまった時からの伝統である。改竄ができなければ、そのデータを捨てた。

やがて広告代理店の大きな仕事のひとつに選挙キャンペーンという仕事が生まれた。

そこで政治家、政党の支持率なるものが生まれた。

広告会社は〝巧言令色〟(言葉の意味はわかりますよね? わからない。論語、論語わかるよな? これもよくわからん。学校で何を習ったんだ。まあいい。その論語に巧言令色という言葉が初出し、〝口先が上手《うま》く、顔色をやわらげて相手を喜ばせること〟である)。

広告マンは、すべてではないが、巧言令色の徒でなくてはいけない側面を持っていた。その巧言令色が、我社であなたの選挙を勝たせましょう、と言う裏付けに数字が必要になる。裏付けで強いのは、殺人事件でも一が物証であるように選挙とて裏付けで一番強いのは物、つまり金。同列に並ぶのが数字。

選挙前に政治家の所で、

「私、実は新興宗教をやってまして、信頼できる信者が千人います」

と話してごらん、政治家はその人に転ぶ、転ぶ。言うことは何でも聞く（但し、あとで必ずやります、というのは必ずやらないが）。

その広告代理店が作ったような調査会社だったから、仕事欲しさに、これも転ぶのが伝統だった。

そんな経緯を知っているから、今の調査会社、および各テレビ局、新聞社が行なっている調査がいったいどれだけの信憑《しんぴょう》性を持っているかを私は疑うのだ。

テレビのアナウンサーというのは半分以上がバカだから、根拠があろうがなかろうが、数字を本当のように語る（まあ演じると言った方がいいが）。

これを主人が帰る前の茶の間で缶ビール飲みながら見ていた主婦が、

「あの政治家も案外だったのね」

とそれで片付ける。近所の主婦と暇つぶしで政治を語る。それがひろがり国民の声となる。

そんなもんじゃないのか、大半の日本人の政治レベルは。

デモをやれば政権が変わる、という風潮をエジプトにならって信じたらえらいことになる。

エジプトのデモのきっかけになった、ひとつ国をへだてたチュニジアは大統領が逃げ出し、国は大混乱し、イタリアに逃げ込みはじめた難民は、もうすぐ五千人、いや一万人を越える。国の機能が停止し、収拾がつかないありさまだ。日本のテレビはそれを報道しない。

なぜ政権が崩れた後にそうなるのか。リーダーが不在だからである。

自民党の支持率が上がったという。バカも休み休みにしろ日本人。

ここまで書いて、政治の話のつまらなさ、弱さは、文章を書いて混沌とするばかりで、到達する処が見えない点にある。

民主党は組合の基盤で成り立っていた。今、政治家面をしているのは組合のエリートだ。組合が政治を主導して国が富んだ歴史は一度もない。

組合のエリートというのが、少し前の自民党の世襲議員の立場と似ている。どちらも向いているのは組合と地元で志などない。

紙幅が尽きた。ほら、政治の話はつまらないだろう。

その支持率おかしい、と一人くらい大臣が言え。

正義っぽいのを振りかざすな

相撲に八百長があったって?

何をいまさら……。

寝呆けたことを言ってはいけません。

公益法人の認可を与えないって?

オイオイ、君たち政治家がそんなことを言える立場かね。政治家は八百長以前のことをやってきたのだろう。

正義っぽいのを振りかざしなさんな。

正義なんてものがきちんと通ったためしがないのが世の中なんだから。

立ち合いですぐに転んだから八百長だったって？

君ね、相撲を間近に見たことがあるの？

見たらわかりますから。あんなに大きな身体をした人間同士が本気でぶつかってたら、皆怪我して相撲取りがいなくなりますよ。

千秋楽で七勝七敗の力士と八勝六敗の力士があたって、八勝六敗がコロッと負けたから八百長だって？

それは八百長とは言わんでしょう。

情のかよった相撲と言うんでしょう。

どこの社会でも普段から顔も気持ちもよく知っている相手が窮地に立たされていたら、手を差しのべてやるのが人間でしょう。情というものでしょう。

「そりゃ伊集院さん、マズイでしょう。勝負の世界なんですから」

おや、勝負の世界とおっしゃった？

勝負の世界をご存知ですか。本当に？

じゃ申し上げましょう。勝負の世界で一番美しいのは、そりゃ人間の、戦う者の情念、情愛です。

なぜわざわざ本気の時に、勝負に徹すると断わるのかおわかりですか。

勝負というのは徹しない時もあるからです。それをふくめて勝負の世界と言うのです。

八百長疑惑をもたれている力士が彼等の携帯電話を捨てた。

可愛いじゃありませんか。機械のこと少し知ってる力士もいるんだ。

妻が踏んで携帯がこわれた？

その関取の妻は元力士ですか？

〝日本の国技〟とは誰が言い出したの？

明治、大正の新聞を少し見たけど見当らないぜ。

江見水蔭《えみすいいん》のパクリだろう。

しかし歴代の横綱と、歴代の総理大臣を比べてみると、横綱の方があきらかにまともだわな。

どこの母親が自分の赤ん坊を将来、健康で立派な人に育って欲しいと願って総理大臣に抱きかかえてもらいたいと思うかね。

嘘つきの大人に育ってしまうものな。

日本人の悪い癖だね。すぐに不正だ、正義だって口にするのは。マスコミも相撲くらいは大目に見てやればいいじゃないか。

相撲ジャーナリストってのは何なんだ?

それだけ長く相撲とつき合っていて相撲の本質がわかっちゃいないのか。

昔、我家に長姉の恋人が、彼女を嫁に欲しいと、父親に許可をもらいに来たことがあった。

私は中学生だった。

その相手は、当時、ジャイアンツの準エースだった。丁度、川上監督のV9が始まるくらいの時期だったと思う。

サラリーマンに比べれば断然、高給取りで、ジャイアンツで十番目くらいの年俸だった。

父親も娘の選んだ相手だし、半分は許そうという気持ちで迎えた。

「給料はいくらだ」

「×百万円です」

胸を張って答えた相手に父親は、

「そんなもんか……」

と吐き捨てるように言った。

当時、父親は稼いでいた。

食事がはじまり、酒が出て、会話がなごみ、いろんな話になった。

「長嶋ってのはどうしてあんなにホームランを打つんだ？」

「チョウさんは天才だからです」

「天才って言っても、おまえたちピッチャーは打たせまいと投げるんだろう」

「はい。それでもチョウさんは打つんです」

「ホームランは誰でも打てるのか？」

「誰でも打てませんよ」

「なら長嶋の時に打ち易いボールを投げてるんだろう」

「ハッハハ、そんなことはありませんよ」

中学の野球部にいた私も父親に呆された。

「おまえ野球界に入って何年目だ？」

「三年目になります」

「三年か……、それじゃまだ興行の仕組みを教えてもらってないな」

本気で父親はそう言い、娘を東京に送り出した。

私は父親のこういうところを、最近、信用しはじめた。

奇人と偏屈が国を変える

元旦から数日が過ぎ、お屠蘇《とそ》気分も覚めてくると、大半の人が思うことは同じだ。

「新しい年になり何かが変わったのかと思っても何ひとつ変わっちゃいない」

当たり前である。

カレンダーが新しくなっただけのことである。あとは数え歳がひとつ増えたくらいのもので、さして目新しいものがあるはずがない。

休みが終われば、また働きはじめるだけのことである。何も変わっちゃいない。

ほとんどの人は、これをくり返しているだけが毎年の一月のありようだ。

人間というものは何かにつけ、流され易い一面を持っていて、周囲がすることと同じような行動、考え方、物事のおさめ方をする。

会社に行けば、

「新年明けましておめでとうございます。本年もよろしく……」

などと決りきったことを口にする。

なぜ周囲と同じようにするのか？

それは安堵、安心を好むためである。

人と違った行動をするということは案外に難しい。当人が不安になるのである。

人が群《むれ》るのは、安堵の典型であろう。人間が社会的動物と呼ばれる証明でもある。

ところが何万人に一人か二人、群る、連《つる》むのを嫌い、自分一人でもやるべきことをやるという者がいる。

こういう輩が、社会が変革する時には必要で、世の中が変わる時には、あちこちからそういう偏屈が同時にあらわれる。

明治維新などはその典型かもしれない。

吉田松陰という人もその一人であろう。若き日の松陰に、蘭学、洋学を教えた佐久間象山もその一人と考えていい。

この松陰に松下村塾で教えを受けた高杉晋作もその一人である。

小倉城に攻め込むなどということは江戸期の三百年、誰一人実行しようとしなかったことであり、平然とできるのは奇人の発想といっていい。

いきなり妙な話をはじめるものだと思われようが、そうではない。

秋の終りにヨーロッパへ行き、イタリア、スペインを回って、イタリア人もスペイン人もさして彼等の国の経済に危機感を抱いていないのに驚いたからである。

その上、彼等は、スペインの例で言うと、二十数年前とほとんど変わらずに昼休みは二時間以上取っているし、夜の食事などは二十一時を過ぎてようやく摂りはじめる。

これを一年中続けていて、EUの中でもとりわけ勤勉に働くドイツ人に援助を求めているわけだから、いくら援助をしたところで国家が再生するとはとても思えない。

いずれ淘汰がはじまる。

それでもスペイン人の生き方は変わることはおそらくない。それは前述したように、人は皆になならって生きる動物だからである。

ギリシャなどは、新社会主義政権の時、一人も失業者は出さぬと豪語し、失業者を皆公務員にして国の金庫から給与を払った。それで国家が立ち行くはずがない。しかし国民は政府が悪いとストをし、経済状態はさらに悪化した。

国家が破綻するという状況を二十世紀以来、私たちは見ていない。子供が餓死するのか、無法地帯がひろがるのか、想像がつく者は日本人の中に何人もいまい。

ギリシャ人が働こうとしなかったのではなく、ギリシャ人の大半がそうして生きられたから、右にならったまでだ。誰一人、これはおかしいと国民から声を上げた者はない。


日本の国家予算、九十三兆円のうち公債という名の下に借金した金が四十四兆円という。総額千兆円を越える借金をかかえた国家が成り立つのか。成り立つはずはない。

日本人は預金がそれ以上にあるって？　そりゃ他人の金だろう。

なのに子ども手当が約束通り入ってこないとか、高速道路の料金がタダにならないとか日本人は言う。子供は本来、家の収入の中で育てるべきものではないのか。高速道路を走ったことがある人なら、これほどの道路がタダで通れる方がおかしいと考えるのがまともではないか。

マニフェストが実現できなかったと大半の人が言うが、初めっから、そんなものは都合が良すぎたと思わないのか。

金融が、金融に関わる者たちの生きる姿勢が、この悪循環の元凶である。さらに言えば役人の天下りをおかしいと言うが、彼等にすれば皆がしてきたこと、していることにならっているだけなのである。これを制止するには牢獄に入れるしかない。金融業者も役人も元凶を断つには罪人にするしかない。

大人の男だけが座れる場所

少し前にラジオ番組に出演して、その折、子供を鮨屋のカウンターに座らせるな、と私が書いたことを相手のキャスターが、

「伊集院さん、子供を鮨屋のカウンターに座らせてはいけませんか？」

とあらためて聞いた。

「ダメですね」

「何年も修業した職人の前で、子供が、トロのサビ抜きなんてのは失礼ということですよね」

と言われ、どうも誤解を受けているので、

「それも勿論あるが、根本はそんなバカみたいなことではない。夕刻以降の鮨屋は大人のいる場所だから（もっと正確に言うと、大人の男がだ）子供が入る場所ではないということを言ってるんです。大人の男が懸命に働いた後、酒を、肴を、鮨をつまんで愉しむ所に子供が（さらに正確に言えば、若い女、子供がだ）居てはならないと言っているんです」

「女性もダメですか」

「私が言っている女とは、若い素人の女が入る場所ではないということです」

「ああ若い女性ですね。チャラチャラした」

「そうじゃない。若い素人と言ってるんです」

「素人じゃなかったら、玄人って？」

「君、その区分もわからんのかね」

私の知る限り、普通の家の奥さん、おバアさんは宵の口を過ぎて鮨屋に座ってるってことは素人じゃないと見られると、そんな時間に平気で居られるはずはなかった。せいぜい座敷で障子を閉めて静かに食べていた。それ以前に夕刻前に食べ終えて店を出たものだ。

「伊集院さん、私は郊外に住んでるんですが、週末など回転寿司屋は子供が一杯というか、家族連れで賑やかですが」

「回転寿司は鮨屋ではありません」

「えっ！　回転寿司は鮨屋じゃないんですか」

「はい。そうです」

「どうしてですか?」

「鮨とは鮨職人が素手で握るものです。素手で、あの鮨のかたち、ぬくもり、風情のすべてを出すんです。それが鮨です。手袋をして握るものではありません」

「じゃ回転寿司は何なのですか」

「学校の給食と同じ食べ物です」

「そうだったんですか……」

「そうです」

この放送の数日後、この件で抗議が私の下に届いた。回転寿司の経営者か、関係者かどうかは知らない。

「私はそう思っています」

それだけを言って話を終えた。

回転寿司が食べ物として不美味《マズイ》と言っているのではない。仙台にいれば大勢の時につき合って私も入るが、ほとんど口にしない。

銀座の、赤坂の、神楽坂の鮨屋でオヤジの前に平然と座って、酒を飲めるようになるまで、

――俺がどれだけ懸命に働いて来たかが、おまえたちにわかってたまるか。

子供が働くか？

それはグリーン車にふんぞり返って座っている若者、子供にも言える。

ひとかどのことを成して、長くきちんと生きてきて、初めて座ることができる場所が世の中にはあるのだ。

だから私は成金が嫌いなのである。


去年、ようやく恰好がついてきた銀座のK鮨に電話を入れて、訪ねる日時をふたつ出したら、どちらも満杯と言われた。

「そんなに忙しいのか」

「ひとつは貸切りがありまして……」

「貸切りだと？　そんなことを受けてるのか」

後日、相手を叱った。

「銀座の鮨屋が客に店を貸し切らせてどうするんだ。バカか、おまえは」

「はあ……」

意味がわかっていない。

「鮨屋はどんな時でも一席は空けておくものだ。店を育ててくれた客がいるだろう（私のことではありませんよ）。キャバレーじゃあるまいし」

聞けば貸し切ったのは成金である。

——ほらみろ。金で何でも手に入ると思ってやがる。だからこいつらはゲスなんだ。

それからしばらくK鮨のことを友に聞かれると、あそこは閉店した、と答えた。

学者の常識と大人の良識は違う

春の嵐があった日、田舎の母から電話があり、

「こういう日は物が飛んできたり、人が落着かなくなって思わぬことがありますから」

とそれだけを言われた。

九十一歳の女性が天候を見て、東京にいる息子に連絡をして下さる。有難いことだ。

この日、予定していたゴルフも中止になった。内心、数日間上手く行かない小説の連載に手を焼いていたから、少し安堵した。

三日前にも、〝桜の下でのゴルフ会〟があり、それも春の嵐で中止になった。

「伊集院さん、少しこの頃、天候がおかしくないですか。大きい地震がまた来るんじゃないでしょうか」

酒場で後輩の編集者が言った。

私は相手をじっと見た。

「大人のおまえさんが、そんな女、子供のようなことを口にしてどうするんだ。おまえさんが心配すれば、家族はその顔色を見てもっと心配するぞ」

「でも新しい地震の折の津波の想定は三十四メートルだそうですぜ」

「それは地震学者の常識で言っているだけで、良識のある発表じゃない」

「常識と、良識ですか？」

「そうだ。あの発表では日本の海岸に人は住めなくなる。それを言って人々の感情がどうなるかがわかっていない。明日、隕石が地球にぶつかって、地球は滅びるという話と同じだ」

「なるほど」

「だいたいマスコミもあおり過ぎだ。それが事実で、すぐ起きるものなら君たちとて週刊誌を作ってる場合じゃないだろう。私たち大人は或る程度生きてきたから仕方ないが、女、子供のように伸び伸び生きてる者に必要以上の不安を与えるのは非常識だ。地震は百年、五十年に一度しか来ない」

「何の根拠で？」

「じゃ学者の言う、大地震が今すぐ来る根拠は何だね？　太平洋を潜って、プレートと話をした学者でもいるのかね。少しは考えて口をきけと大人が言わんと」

「学者も大人ですが……」

「学者が大人なわけないだろう。世間というものをわかってないんだから」

春の嵐で、この夜は一人で銀座に出た。

こういう夜は、どの店も暇だから、待遇がイイはずだ。そうでもなかったか。

その日は十年前の、秋の嵐の夜だった。

巨人対ヤクルト戦の最終ゲームが台風で中止になった。この日、私は初めて松井秀喜選手に招かれドーム球場に出かけた。ところがゲームは中止になった。

それで二人で銀座に出た。

人影がなかった。二人して数寄屋橋にあるおでん屋〝O ぐ羅〟に行った。以前から松井君と一緒の時に、店の主人と会わせたいと思っていた。主人はかつての社会人野球の名捕手であった。人情家で、野球好きで、男は斯《か》くありたいという大人の男である。

主人は松井君が初ホームランを打った時、スタンドにいてあまりに嬉しくて生ビールを周囲の人にご馳走したという松井贔屓だ。

客のいない店に四番バッターと入った。その時の主人の嬉しそうな顔。それ以上に女将さんが喜んでいた。松井君と知り合って、おそらく生涯でこんなに私も嬉しかった夜はなかった。

スラッガーは店が気に入ったのか、その後で友人を連れてぶらりと店に訪れた。

その前に店を訪ねたいと連絡があった。

——ああ、ちゃんとしてるな。

〝O ぐ羅〟は古いつき合いである。

昔、競輪に馬鹿遊びをしていた頃、一週間の〝旅打ち〟(バクチだけの旅ですな)の帰りは必ずここに寄った。

「どうでしたか?」

私はうつむいて、酒を、とだけ言った。

「生きて帰ってこられたんです。それだけで十分ですよ」

「そうですよ。元気に帰って来られただけで私たちは嬉しいんです」

女将さんの言葉が救いだった。

——銀座にも家族はあるんだ……。

その女将さんが、この春、先立たれた。

銀座に女将のいる店は数あるが、あんなにやさしい女将さんは他になかった。

長く連れ添った妻に先立たれた男の哀しみは思わぬ時にやって来る。それは他人にはわかりえない。

それでも踏ん張って生きるしかない。

なぜアメリカが正義なんだ

少し体調を崩した。

医者は、少しばかりではありません、と言うが、何を言いやがる。

あちこちの山野では梅から桜に、花景色がかわっている。

震災で花見を自粛という声が上がった時にも書いたが、花見というものの本来の意味は、今、生きていることを祝っての宴で、それは同時に亡くなった人へのレクイエムと感謝を込めた宴でもある。

今年は日本全国、北の人への想いも込めて飲んだ方がイイ。

酒が飲める人はどんどん外に出て飲みなさい。そのほうが景気も上向く。

景気というものは、悪い、悪いと口にすると本当に悪くなる。これは人気と似ている。人の気《け》がすべてをこしらえているだけで、実体はわかってない。大恐慌なんてのが、そのいい例だ。

まあギリシャみたいに労働人口の四分の一近くが公務員になって国が金を与えてれば、どんな国でもおかしくなる。

そんなことは歴史を見れば中学生でもわかる。アテネは市民が皆政治家もどきになった時、何もかもが崩れた。政治家とは国を平気でこわす職業なのである。

同じように役人が増えても国は傾く。昔の中国がそうである。役人が増え、好き勝手をすれば千年かけて築いたものは一夜で滅亡する。それが今の日本の政治家も役人もわからない。当たり前だ。当人たちが自分の足元をかえようなど微塵《みじん》も思っていない。

議員の数を減らす。公務員の数を、給与を是正する。言うのは口だけでやりはしない。

政治家がこれほどバカで無能とは知らなんだとマスコミが言い、今は国民までがそう口にする風潮が蔓延している。

その政治家を選んだのは国民ではないか。

〝商いの神様〟と呼ばれた松下幸之助は、長い企業家生活の中で、ひとつの国が隆盛するも滅亡するも、政治家の質が大切だとわかり政経塾なるものをこしらえた。今の内閣にも、そこの出身者がいるが、彼等が優秀とはとてもではないが思えない。

吉田松陰という人物が昔の長州藩（今の山口県）にあらわれ、頭脳明晰、秀才で、彼の下に〝松下村塾〟として若者が集まり、それが明治維新の原動力のひとつになったと歴史家は言うが（私も彼の伝記を書こうと長く調べている）、彼の思想は明治維新には反映できるものではなかったし、果して塾ひとつで何事かの改革はできるのか。さらに言えば、明治維新そのものがおかしかったのではないか。あの頃の長州出身の政治家でまともなのがいたのか。

坂本龍馬が理想の人物のように、この頃、皆が言うが、それは事実なのか。一人の若者だぜ。

さらに言えば、アメリカの大学から教授がやって来て、〝これからの正義の話をしよう〟なんて言っとったが、あれだけ戦争を起こした国が持ち上げる〝民主主義〟とは〝正義〟とは何なのだ？　民主主義は二十一世紀の柱となるべきイデオロギーなのか。資本主義と民主主義は成立するのか。

経済、企業にとって大切なのは他利を考えることではないのか。ならそれは資本論、マルクス主義との共通点があるのではないか。

ゴールドマン・サックスの中枢にいた者が、この会社は自分たちの利益しか考えてない、と言って退職したが、この会社だけではなく、何ひとつ物を創造してない金融業者がなぜあんなに儲り、若いエコノミストがなぜ私たち大人の前でわかったような口をきくのだ。

東北の人は可哀相だが瓦礫がうちに来ては困る、は沖縄の人は可哀相だが基地が来ては困るとどこが違うのか。

もうこれくらいにしよう。体調を崩すと、世の中のおかしい点は見えるが、答えがないのでは大人の男の雑文にならんだろう。

ともかく春が来た。大人の男よ、外に出て飲もうぜ。

勝てばいいってモンじゃない

珍しくテレビをよく見た一週間だった。

スポーツの中継である。

普段、ほとんどテレビを見ない。

見ないというより、見る時間がない。

世間の一般常識として、懸命に日々働いている人間がテレビを見る時間があるはずがない。

働いている連中の誰に聞いても、そうだという。

だからテレビの視聴率というのは、老人、女、子供が暇にあかしてどの番組を見たかという評価、番付でしかないと私は思っている。

テレビだけがそうではなくて、これは新聞も、週刊誌も、こちらの世界の小説もしかりで、彼等を泣かせれば売れるくらいに今の編集者は考えている。

じゃ現代社会がおかしいのか、というとそうではない。昔から世間で受けるものの大半は暇な人に受けたものである。

まあこの話はこれくらいで……、
まずはウィンブルドンのテニス。

錦織という選手のゲームを見た。

競り合うシーンもわずかにあったが、ストレート負けである。

なぜ見たのか？　家人がテニスのテレビ観戦が好きで、夕食を早く済ませてもらえれば、と言ってきたので理由を訊くと、錦織選手のゲームがあるという。

――亭主の夕食の時間まで変えるほどの力量なのか？　なら見てみるか。

何のことはない完敗である。

解説者は、怪我で長い間ゲームから遠ざかっていたし仕方ないでしょう、と曰《のたも》うた。

――バカを言え。試合になっとらんじゃないか。それに負けた事実よりも、戦う姿勢がよくない。

弱いなら弱いなりに必死でくらいついていけばまだしも、自分の本来の調子が出ないという素振りに見えた。話にならない。

怪我から復帰したばかりだって？　復帰したのは戦えると判断したからだろう。

プロじゃないのか？

(二回戦まで勝ったのはスゴイのよ、と家人から抗議があった)

サッカーのヨーロッパ選手権を深夜、仕事が忙しい時になぜか見た。

前半戦は見ごたえがあった。サッカーはよくわからない私にさえ、サッカーというスポーツのハイレベルな戦いのスピード、パワー、戦略の素晴らしさが伝わってきた。

同時に観客の異様な熱気にも驚いた。

スペインが勝利し、スペインの応援団が狂喜乱舞している映像を見て、

——おまえたち普段ちゃんと働いてんのか。この経済危機の時にキエフまで仕事を放ったらかして応援に来ていいのかよ。

とも思った。

それはイタリアの経済状態も同じなのだから、サッカーに夢中の国は経済がおかしくなるんじゃないのか、と心配した。

ゲームの他に考えさせられたのは、勝ってはしゃぐスペインの選手ではなく、敗れて、大の大人が涙していたシーンだった。

——そこまで身体と性根を張っていたのか。

イタリア人の男は軽薄な奴と女たらしのバカしか見てこなかったので、まともなイタリアの男もいるのだと、イタリアのイメージが少し変わった。

もうすぐオリンピックがある。

なぜ、テレビはあれほどオリンピックだと騒ぐのか？　視聴率のためとしか思えない。

オリンピックを日本人が皆見る国民だとしたら、それは少しおかしい。

〝金があれば何だって手に入る〟

と、

〝オリンピックのメダリストは最高〟

はどこか似ている。

どっちも間違っているし、金もメダルもたいしたもんじゃない。それに勝者ばかりにスポットを当てる所が品がないったりゃありゃしない。

誇りを捨てずに生きるということ

潮の目をひさしぶりに見た。ふたつの海流がぶつかったり、並行して流れたりする時の境目に波が沸きたつようになる姿である。

子供の頃は生家に近い関門海峡で見た。宮本武蔵と佐々木小次郎が戦った巌流島の付近でも見たことがある。ドーバー海峡でも、これがあった。

今回は紀伊半島の南端、潮岬で見た。

見事なものだった。風が強くなければ潮騒が聞こえてくるようだった。

「ここが本州の一番南だにゃ」

案内してくれたタクシーの運転手が言った。すぐそばに潮岬燈台がある。

同行のI君は写真を撮っている。

「犯人の一人が立っているには、あの岩は格好かもしれませんね」

「そうだね。あの岩にしようか」

海の近くで育ったせいか、海を眺めているだけで安堵がある。

足元には、これが花の終りかという水仙が汐風に揺れていた。

物見所は断崖の上にあって、揺れている水仙といい越前岬と少し似ている。海辺の風の強い場所に咲く花はハマユウ、ヒルガオにしても皆可憐である。

串本から橋がつながっていた。ここは串本、むかいは大島、仲をとりもつ巡航船〜〜なんて民謡があったが、もう橋があるのだと思った。


週末、推理小説の取材で和歌山の南部の海岸を巡った。

目的地の太地町に着いたのは、夕刻前だった。

森浦の方から町に入り、鯨の追込み漁の湾が見えた。そこに臨時の交番ができていた。

シー・シェパードが追込み漁の様子を盗み撮りして問題になった小湾である。

トンネルを抜け、やがて民宿と看板がある家の前に着いた。戸を開けると、やさしそうな女将さんがあらわれた。

「こんにちは」

「よく見えたね」

私の部屋は2階だと説明され、階段を登り、〝クジラの間〟に入った。

疲れていたので、すぐ風呂にしようと階下に行き、風呂入れますか、と訊くと、少しぬるいから湯を足してね、と言われた。

「すみません、タオルはどこに？」

「あれ、タオル持ってこなかったかね？」

「えっ？　は、はい」

「貸してあげるわ」

――そういうシステムか……。

タオルを借り、裸になって湯屋に入り、足を入れたらほとんど水だった。裸で震えながらお湯が入るのを見ていた。

――いろんな宿があるナ……。

夕食はクジラの刺身、内臓、晒《さら》し……とクジラだけで五品。別に食べられないわけではないから少しずつ箸を進めた。

客はI君と私に、愛知から来た家族連れ。元気がいい子供たちだ。

夕食後、女将さんから、太地の昔話を聞いた。以前は町の大半の人が捕鯨漁に関わっていたという。

「シー・シェパードは大変でしたでしょう」

I君が訊いた。

「あの人たちはイケナイ人だわ。ここは昔から鯨と生きてきたんだから。供養の塚だっていくつもあるもの」

部屋に戻り、仕事をはじめた。

廊下を子供たちが走る。それだけで建物というか、私の部屋全体が揺れる。

自分に言い聞かせながら筆を進めた。

「いろんな環境で伊集院、頑張ってます」

いきなり障子戸が開き、パジャマを着た女の子が私を見て、何してるの？ と言った。

「やあお嬢さん、おいさんは何をしてるんだろうね。次に開ける時、トントンとノックしてくれるかな」

「わかった」

翌日、シー・シェパードの女性が二人、町を歩いていた。

そのうしろからパトカーが続く。

太地町を見て回り、那智勝浦に行き、那智の滝を見学し、虚子の句碑などぼんやりと見て、新宮市に入った。

「新宮警察の建物も撮影しておいて下さい」

Ｉ君は車を降りて、警察の建物の正面に立ってカメラのシャッターを押した。

――大丈夫かな？

ものの十五分もしないうちに新宮警察からタクシー会社に連絡が入り、何のために撮影していたのかと問い合わせが運転手に入った。たいしたものである。

Ａ尾成文堂という本屋に入ると中上健次さんの著書がたくさんあった。

――そうか、ここは中上さんの故郷か。

以前、文学賞を受賞した時、すぐに中上さんから祝電が来て、嬉しかったのを思い出した。

帰りは熊野川沿いを走って白浜にむかった。水害の凄《すさま》じさに驚いた。

シー・シェパードも命懸けだろうが、太地の人々もそれ以上に誇りと命を懸けている。

山中に梅の花があざやかに咲いていた。春はもうそこまで来ている。

大人の男の覚悟とは何か

ひとつ俳句を紹介する。

六月を　綺麗な風の吹くことよ

さわやかと言うか、まことに気持ちの良い句である。

正岡子規の句である。

私たちがこの句に、或る種の爽快感を感じるのは、冬が終り、春一番が吹き荒れて、そこからしばらく寒の戻り、短い雨、思わぬ陽気をくり返すのが春であり、目にあざやかに映る梅、桃、桜などが咲くが、実際は不安定な天候が続く。

それを一掃するのが、初夏の風、薫風である。そこからは梅雨を越えれば、あとは力強い夏である。

日本という国の風土、四季のうつろいは、おそらく世界の中で、一、二番に変化にとみ、美しいのではなかろうか。

正岡子規は明治元年に生まれた。

時代が大きく変わろうとする時である。

子規の親友、夏目漱石こと、夏目金之助も同じ年に生まれた。

時代が激しく変わる中で、二人は寄席で落語、講談を聴いたり、芝居小屋で浄瑠璃を見て愉しんだりしている。

二人が互いを認めたのは、たとえば寄席で落語を聴いていても、大声で茶化すなど、人の品性の卑しい行為を嫌悪した点である。もう一点は、喀血を若くして経験し、死を、自分の生の間近に見た子規と、ノイローゼ気味で、初中《しょっちゅう》後体調が良くなかった漱石も己の生涯を考えたからである。

二十七、八歳の若者が、それをきちんと考えたのである。

明治期にはまだ、たとえ若者であれ、己の生に覚悟があった。

それは歴史で見るとほんの少し前のことである。

だからと言って私は彼等が現代人より偉いとか、たいしたものだとは言わない。

そういう時代で、大人の男の覚悟が今と少し違っていただけのことである。

明治維新が素晴らしいもので、坂本龍馬が希有《けう》な英雄などと私は少しも思っていない。

明治維新にも多くの誤りがあったのは当然のことである。龍馬もしかりであるが、若くして亡くなると後のことが見えないから人々は英雄視する。類い稀な若者であったのは、その筆跡を見てもわかるが、同様の才は他に大勢いたと想像がつく。

サッカーの日本代表がオーストラリアと対戦する試合をテレビで観た。

すべては観ることができなかった。

同時刻、歌謡曲の番組があり、そこで私が十数年振りに作詞した曲を、前川清さんが歌う。今は昔と違ってテレビの歌謡番組がほとんどなくなったので唯一そこでしか聞くことができなかった。

プロの歌手というものはたいしたものである。その中でも前川清というのは群を抜いている。声である。一にも二にも歌手は声である。この人にしかない、という声があきらかにある。前川さんはその最たる人だ。

それは画家の筆致《ひっち》に似ている。

ピカソは、ミロは、守一の作品はどの細部を見ても彼等そのものなのである。

サッカーは引き分けだったが数人の選手のインタビューを見聞きした。

——ああ、これでは野球は衰退してしまう。

と思った。

サッカー選手のコメントは日本語がきちんとしており、しかも話の軸が見えた。

それに比べるとサッカー以外のスポーツ選手は質問をされると、まず、そうですね、と応える。何がそうなんだよ、意味がわからんだろう。特にひどいのはプロ野球選手である。言葉をまったく信じていない。真剣に大勢の前で何かを語ることの責務と、それがいかに大切な場所かを考えていない。

なぜそうなったか？　時代と環境にちやほやされたからである。若い時にそれをされるとよほど性根、己と時代を見る眼がないと置かれた立場に気付かない。

橋下大阪市長が原発問題で妥協したような報道をするが、彼でなくともそうしなくてはならなかったのではないか。まだリベラルな、柔軟な面があったことを誉める記事があってもいいのではないか。新しい人でしか今の日本は変えられないのだから、その芽をつぶすようなつまらぬ大人にならぬことだ。私は支持をしているわけではないが、若い人に何かをまかせられない大人はつまらない大人だと思う。

日本には四季があり、風情があり、人に人情がある。

金だけでしあわせになれぬことを若い人に教えなければならない。

第四章
本物の大人はこう考える

綺麗に遊んでグッドバイ

この頃は、一ヵ月の内のおよそ半月を、夜明け方まで机の前にいる。

以前は、半月以上、酒場で朝を迎えた。

えらい変わりようですな、と皆さんは思われるかもしれないが、私にすれば仕事場も、酒場も同じようなものである。

酒場にずっといたのは、その頃は、飲むしか他にやることがなかったからだ。

今、仕事場にずっといるのは、引き受けた仕事を、書くしかないからである。

——毎日、文章を書くのが楽しいかって？

楽しいわけはない。

私は遊び好きだが、決して仕事好きではない。

「伊集院君、今日からずっと遊んでいいから……」

とタニマチがあらわれて言ってくれたら、ゴッツアンス、と死ぬまで遊んでみせる。

他の事は自信がないが、遊ぶことに関してはまかせて欲しい（誰もまかせないか）。

そういう奇特な人がいないのが世の中ということが、ようやくわかった。

とは言え、私の性分として、謂《いわ》れ無《な》いものはいっさい受けとらないし、その手の酒も口にしない。

黙って馳走になる人は二人だが、一人は二年前に亡くなった。私の父である。父は私と酒を飲むといっさい息子に払わせなかった。見事なまでに、それを押し通した。

奇妙な父と子に思われるかもしれないが、私はそう思わない。それが父の家長としてのやり方だったのだ。

その父が一番嫌った種類の男が、〝遊び人〟と呼ばれる輩だった。

「よく見ておけ。あのだらしなさを」

そう教育を受けた息子が、時折、遊んで暮らせぬものか、と夢想するのだから世の中はおかしなものだ。

——伊集院さん、それって本気で言ってるんですか？

ああ本気だ。

銀座で何十年も飲んでいると、遊ぶしかない男を見かける。大半が俄成金《にわかなりきん》だ。その連中の人相の品のなさったらありゃしない。

たいがいは数年で消えていく。それは金を頼りに遊ぶからだ。金で得た遊びには金が目的の輩しか寄ってこない。つまりそれは金に遊ばれているのである。

私が目指すのは、その手の遊びではない。

具体的に説明できないが、酒で言うと、

「いや、たっぷり飲んだな。美味かった」

と言って颯爽と消えて行く飲み手だ。

闇に消えるまで足元もしっかりしていて、見事だな、と送る人が感心する。

「いや、たっぷりと遊んだな。愉快だった」

とさらり言ってすべてとグッドバイする。

まあできないだろうな。綺麗に遊び続けるのがいかに大変か、実は重々承知している。

少し前になるが、上京した夜、一人で食事をしなくてはならなくなった。

その日が祝日だったからだ。

――また旗日か……年に何度あるのか？

門前仲町の以前行った鮨屋にむかった。

夜の八時だが、人通りがない。

「お客さん、この時刻で、この人通りですよ。不景気ですよね」

タクシーの運転手が言った。

「これは不景気のせいだけじゃないな」

「何のせいなんです？」

「休みが多過ぎるんだよ。下手すると二週間に一回、三連休だろう。不景気なんだったら倍働かないでどうする。休んでて不景気も何もないってもんだ」

「そうですよね」

「仕事というものは本来休みはないものだ。ましてや若い時は仕事を覚えようと思ったら十年、二十年は休みなしでやらなきゃ本物にはならないよ。農家や、漁師や、昔からある仕事には休みがないでしょう」

「お客さん、働き者ですね。失礼ですが、ご職業は何ですか？」

「私は、ただの遊び人だよ」

「はあ……」

この頃、日本食が不味くなったのは、料理の職人が休日を取るからである。毎日、休みなしで仕事を覚えて、やっと客に出せるものが調理できるまで十年では足らないはずだ。

高級品と言われる輸入ブランドのスーツやシャツのボタンがすぐに取れるのは、きちんと手仕事をしていないからだ。

やれ創作料理だ、ユニークなデザインの服だ、と言っても、まずは物をこしらえるには手順、基本をしっかり体得することだろう。頭の中だけで考え、システムだけを整えて、それで流行に乗ったのを仕事と勘違いしないことだ。

仕事の根本は、誠実と丁寧である。このふたつを成立させるのは品格と姿勢だ。これを覚えるのに下手をすると何十年、いや一生かかる。だから仕事には揺るぎない尊厳がある。

——遊び人の言葉とは思えませんね。

そうかい。遊んだからわかるんだよ。

愉快な男たちの話

一月某日、雨、東京
栃乃若　黒星先行。大丈夫か、今場所。
一月某日、曇り、東京
栃乃若　白星先行。よく踏張っている。
一月某日
栃乃若　勝ち越し。相変らず立合いの腰高し。柏戸は立合いの腰が高いので大関はとても無理と言われたが名横綱になった。相撲の評論家、通と呼ばれる者の言う事が的中したことはない。ましてや飯ばかり喰らい、携帯電話握って女の尻と金ばかり追い駆けていた元力士に何がわかる。

　元力士と元プロ野球選手が話す日本語ははなはだ難解なのはなぜだろうか。理由はわかっているが、ここでは書かない。

　栃乃若とはまだ彼が幕下の時代、銀座裏の焼鳥屋、T政で人形町の旦那が連れてきていた折に逢い言葉を交わした。兵庫出身の純朴な若者で、出世したら何かいたします、と酔って約束。アレヨアレヨという内に十両に上がり、人形町の旦那より座布団の文字を欲しいと当人より願い。初夏、半日かけて墨すり、筆を動かしてようやく一枚かたちになる。


「やっとかけた。こんなとこだな」

　かたわらにいた家人言う。

「半日よくやりましたね。でもそれお尻に敷くんでしょう」

「…………」

　毎場所、当人が番付表を送ってくれる。関取は少年のようなちいさな文字。封筒の住所にはいきなり泉区と番地が記され、宮城県も仙台市もない。それを見て思った。

——もしかして横綱になるかもしれない。

　幕内に上がった時、焼鳥屋で、皆で出し合って化粧回しを贈ろう、と私が提案すると、誰一人返答せず。

今は番付表を通しての文通相手のようなものだが、こちらから返事は一度も出してはいない。文章だけでは済まない気がして返事は出せずにいる。〝少し包む〟の少しがどのくらいかわからない。

昔はよく両国の国技館に午後から出かけた。二階席の隣りで両国中学校の生徒が北の湖を応援していた。

やがて北の湖が大関になり銀座のクラブで隣り合わす。酒なら負けんぞと大関と同じペースでウィスキーを飲んだ（三十分でボトル一本ペース。一人でだよ）。あとにもさきにもホステスにおんぶして貰った夜はない。

若貴兄弟はデビュー当時はさわやかさがあったが大関、横綱になり引退してみるとタダの世間知らずの若者がいた。チヤホヤと甘やかしは若者を××にする。

一月某日、曇り、秩父宮ラグビー場

サントリー対近鉄戦。ラグビーは二十数年振りの観戦。隣りにS大兄。驚くほど声デカシ。これがまたよく通る声質。

「審判、初めから終りまで近鉄は全部オフサイドじゃないか。どこを見とるんだ（コノバカタレがのニュアンス)」

——大兄、全部オフサイドじゃゲームにならんでしょう。

「近鉄、寝転がってから動くんじゃない。よく見んか、審判。どこに目がついとるんだ。××モノが」

あとで聞けば、審判の中にはサントリーの試合はやりたくないとの声もあるとか。

仕事に関しては〝平成の名将〟とさえ呼ばれている人物が、ことラグビーに関しては〝ジキルとハイド〟と言うか、それとも〝品性〟を自宅に置いて出てくるのか。人はよくよく見ないと本性がわからぬとまた勉強。

すぐかたわらの大兄夫人。夫人にしては派手な帽子を被っているのを見て訊いた。

「珍しい帽子を被ってますね」

「初戦にこれで来て、まだ無敗なので脱ぐわけにはいかないの」

一月某日、雪、仙台
サントリー対東芝戦をテレビ観戦。試合終了寸前で東芝が逆転。思わず声が出る。

「ワッ！　負けた。大変だぞ。行かなくて良かったナ……」タメ息が出る。

夫人のこと、秘書のことが心配になる。

一月某日、雪、仙台

ほぼ毎日、徹夜。なぜこんなに仕事をしているのか自分でもわからず。夜半、一人で綾瀬の浩平さんよりの松葉ガニを食べる。

疲れのせいか幻聴を聞く。

「アラ、伊さん。お一人でそんな。あちきが身をおとりしまひょ」

白い指先が伸びてきて私の甲に触れる。

よくみると幻覚。犬の茶の足なり。

「テーブルに手を置くなと言ったろう」

一月某日、曇り、仙台

月初めに仕事中指先がシビレ、言葉が上手く話せなくなる。イカン、脳がオカシイ。

翌日、仙台医療センターでＭＲＩ。若い医師が言う。「どこにも悪い所はありません。この脳はまだ十分使えますすな」

――オイ、誰の脳にむかって言っておる。

一月某日、晴、仙台

家人、私の肺癌を気にして、友人のＴ先生の病院でＣＴ。Ｔ先生首をひねって言う。

「毎日、あれだけ煙草を吸って、酒飲んで、よくこれだけ肺が綺麗なもんだな。いや〝神が与えたもうた肺なり〟」

恥知らずな行為は生死にかかわる

私のように、かなり楽天家で、いい加減な人間でさえ二〇一一年という年は、人生においてさまざまな衝撃を受けた。

一番は、あのマグニチュード9の震源地の近くで、あの揺れを体験したことだ。目の前で家屋が半壊し、その後に襲ってきた大津波を訳もわからずラジオのみで惨劇の情報を聞き、理解しようとしていた。

日本の大半の人は地震の後の津波の映像をテレビで見た。しごくわかり易く、地震がきて、津波がきて、街が消滅し、大勢の人が波と建物の中で死んだ、と理解をしているだろうが、被災した人たちのほぼ全員が、あの津波の映像を一ヵ月近く見られなかった。

ここに天災、戦争……すべての惨劇を受け止める場合の最大の差（ギャップでもいいがニュアンスが違う）がある。

生き残った人たちが多くを語らないのは、目の前に波があらわれ、建物が迫って、何もかものみこまれ、その直後から連続して襲った大きな余震と、暖房を奪われた寒さと、昨日までそばにいた家族の姿がないという現実でしかなかったからだ。

ただ驚き、戸惑い、うろたえた。

これをテレビで正確に伝えようとしても伝えられる感性を持った、経験を持ったテレビマンが一人としていなかった。当然である。皆が未経験のことが起こったからである。

しかし果してそうだろうか。先日もテレビに地質学者が出て、千年前にも今回と同じ規模の津波があった痕跡があると土質を見せて話していた。

バカを言うな。なぜそれを声を大にして言わなんだ。どの面《つら》下げてテレビの前でしたり顔で話す。それに受け応えるテレビ局員が、今回の天災は予測できたのです、とこれまたバカを絵に描いたことを口にし、最後にスタジオでアナウンサーとキャスターが政府の危機管理の甘さを責め、犠牲者を減らすことができたのではないかと平然と言う。バカも休み休み言え。それが大人の仕事なのか。

なぜ平然とそうできるか。津波の映像がすべてであるからだ。

津波は襲った。復興に皆懸命である。

果してそうだろうか。被災地には今、親のどちらかを、または自分の面倒を見てくれていた大人を失なった子供が二千人近くいる。両親をともに失くした子供は二百五十人。その子供たちが復興にむかってガンバッテいるって？


そんなわけないだろう。

子供たちをどう育て、きちんとした大人にさせるために何をすべきか方向性を示すのが、大人の、さらに言えばメディアの仕事ではないのか。


被災地の瓦礫を拒否した市町村がある。

なぜ平然と拒否ができるのか。自分たちの子供や年寄りに放射能が……。

では聞くが、自分たちとは何なのだ？

日本人ではないのか。それともすでに日本人を捨てているのか。

瓦礫を引き受けないと口にした市町村にはまともな大人が一人としていなかったのか。

赤児をかかえたり、子供を育てている母親は子のために文句を言う。しかし今、自分たちだけのことを優先する時ではないだろう、人の子は自分の子だろう、と言って聞かせる大人がなぜ市町村にいなかったのか。

日本中の各家が一斗缶に瓦礫を刻んで入れて、密封し、〝震災はここにも〟とでも書いて孫の代まで触れてならぬものと置いておけば済むのではないのか。

瓦礫も、両親を失なった子供も、日本人の大半は同等に考えているのではあるまいな。そういうおそろしい精神が今、日本人のこころの中にはびこっているということはないのか。

恥を知れ。人間としての、恥を知れ。

年金問題で、今の若者に、年寄りたちの暮らしを助けるためにも年金を払ってくれ、と言う。バカを言え。今、年金を支給されてる連中で、年金は他の年寄りを助けるために毎月支払っていたと口にできる年寄りがどこにいる。いたら連れて来い。それを今になって若者にそうしろと言って、言うことを聞く若者がいるはずがない。痛みを分かちあえ？ なら日本中の若者に被災地の瓦礫を取りに行け、と言いなさい。

恥知らずな行為をすることは、大人の男にとって生死にかかわることである。

グリーン車に乗るバカな若者へ

「そりゃ今でも、女、子供なら、三、四人はかかえてどこまででも歩いていけるわい。男として当たり前のことじゃろう」

亡くなった父が平然とそう言ったのは、彼が六十歳をいくつか過ぎた歳だった。

今の私に（六十一歳）、それができるか。

身体を鍛え直さないといけないと、この頃、つくづく思う。

東京、仙台間は速い電車に乗れば一時間四十分くらいだ。つい数年前までは飛び乗った電車の指定席が満杯だと、平気でデッキに立って流れる風景を見て過ごせた。

それがこの頃は途中でしゃがみたくなってしまうことがある。足、腰が弱ったこともあるが、それ以上に気力が萎えている。

楽を身体が覚えてしまっているのだろう。

ヤワなことである。

私の母は、一度、父に東京の街が見たいと言い、父に連れられて汽車で上京した。

戦後ほどなくで、父は東京に電球を買い出しに行き、母はそれについて行った。汽車は満杯で通路にも人が皆座っていたという。

母が言うには、父は母を抱きかかえ、デッキに立っていたという。

「新橋まで二十時間以上かかったけど、ずっと母さんの足は浮いてたわ」

「それどういうこと?」

少年だった私と弟は訊き返した。

「父さんがずっと母さんを抱きかかえていてくれたから」

母は恥かしそうに言った。

私も弟も目を丸くした。試しに弟をかかえて何分耐えられるかやってみたが、すぐに腕が萎えてしまった。

それでも大人の男になったら、そういう身体に自然になるのだろうと思っていた。

海外取材を終え、仙台駅に着いた時、〝こまち号〟に乗車していたのだが、連結した電車が〝はやぶさ号〟で、そこにグランクラスという普通より一万円近く高いプレミアムシートに座ってる連中が見えた。

――どんな連中が乗ってるんだ？

驚いた。

私より若い連中がふんぞり返って乗っている。

この頃、グリーン車でも若者が一人で乗っているのを見かける。

――なぜこんな若い奴がグリーン車に乗ってるんだ？　盗みでもしたのか。

そういう若者は決って身に付けているものも妙だし、行動もおかしい。第一、顔の相が良くない。稼ぎもないのに、こういうことが平然とできるのは金を渡した親もバカだが、やはり当人が無知なのだろう。オマエ達の座るところじゃないだろうが、分をわきまえんか。

世の中には若者が座ってしかるべき席があることもわからないのだろう。若者は自由席かデッキだろうよ。

若くしてこういうことを平気でできる奴は十中八、九、人生に失敗する。

ディズニーランドかどこかの帰りの子供と若い父、母が乗っているのもある。親もバカなら子もバカである。金を払えば何でもオーケーと考える親が育てた子供は、それをしっかり受け止めて、さらにバカな人間になる。

大人の男の居る場所に子供を入れるナ。


ロンドンのナショナルギャラリーで「ミラノ宮廷のレオナルド・ダ・ヴィンチ展」を見た。展示内容が素晴らしく、ダ・ヴィンチの名画の八点（半分以上）が世界中から集まっていた。おそらく今世紀にこれだけの作品が一堂に揃うことはない。いや、今後ここまでの絵画は揃うまい。私が生きている間はまずあり得ない。

今回の旅の目的のひとつはイタリア・ルネッサンスの取材で、主にはダ・ヴィンチの作品を見てまわることだった。フィレンツェでもルーヴルでも貸し出し中の作品があった。

どうしたんだ？　と思っていたら、ロンドンに出展していた。何とか時間を作ってロンドンに行くことにしたが、チケットが手に入らない。当日券が出ると聞き、三時間余り早朝並べば手に入るという。並ぼうと決めてロンドンに行った。イギリス観光局の厚意でチケットが一枚手に入った。翌日分は東京の母替りが何とか手に入れてくれた。

鑑賞して、いや、驚いた。

正直、この歳になって、絵画を見て鳥肌が立つとは思わなかった。

――こんなことがまだ自分にもあるのだ。

そう思った時、これから数年かかって執筆する「美の旅人・イタリア編」には何かが書けるかもしれない、と思った。嬉しかった。

たとえ何時間並んでもかまわない。そう思ったことで、この幸運に巡りあえたのか。

身体を鍛え直すために今日から誰かを背負って歩こうかしら。背負い甲斐のある可愛いネエちゃん、どこかにいないかね。

大人が人前で取るべき態度

目線をちゃんとしろ。

私は子供の時、父親からそう言われた。父はあまり多くのことは言わなかったが、男子の所作についていくつかのことを私に注意した。

目線をちゃんとしろ、とは、きょろきょろするな、ということである。

男が表に出て、目をきょろきょろさせるのは良くないということである。

私は、元来、好奇心が強かったらしく、外に出て、何か自分が目にしたことがないものを見ると、それを喰いいるように見た。

子供の時、父と二人で出かけたことは一度しかなかった。それでも電車に乗ると、車窓を流れる風景に釘付けになった。

一心に見ているだけだから父は怒らなかったが、食堂車に行き、周囲の人が珍しく、きょろきょろすると、

「目線をちゃんとせんか」

と低い声で言われた。

作家の城山三郎さんから聞いた話だが、或る時、城山さん夫人が横須賀線に乗車すると目の前の席に元国鉄総裁の石田礼助翁が座っていた。城山氏の著書に石田翁を長く取材し書き上げた『「粗にして野だが卑ではない」――石田禮助の生涯』（文春文庫）と題された作品があり、その著が出版され話題になっていた。

夫人は石田翁に自分は城山の妻であり、その節の御礼を言わねばと挨拶の機会を待った。ところが老人は一点を見つめたまま姿勢を微たりとも崩さず、見ようによっては何か怒っているようにも映り、とてもではないが女性が声を掛けられる雰囲気ではなかった。それでも人間だからいつか肩の力が抜け、吐息のひとつでも零《こぼ》すことはあろう、と夫人は機会を待ったという。気が付けばとうとう新橋駅に電車は着き、老人はむくっと立ち上がり電車を降りた。夫人は大きく息をして肩を落されたという。

城山さんがこの話を私にされた時、作家は嬉しそうにこう言われた。

「そういう内でも外でも姿勢がきちんとした大人が昔は日本にいくらでもいたんでしょうね」

城山さんと二人で電車に乗ったことがあったが、やはり目線、姿勢を微動だに崩す人ではなかった。

その行動が良いのか、悪いのかと現代人に問えば、百人中九十九人が、何のためにそうしなくてはならないの？　と首をかしげるに違いない。

今は電車に乗り、背もたれがリクライニングになるとわかれば十人中半分がそれを平気で倒し、うしろの席のことなどおかまいなしである。タダで使えるものは使わねば、というふうにもうかがえる。ひどいのになると靴を脱ぎ靴下の足を組んでふんぞり返る。

それがほとんど五十歳から七十歳くらいの男である。戦後に幼年期を過ごした男たちだ。このあたりの連中は気質《たち》が悪いのが多い。金を払ってるのだから、と口にする。

そういう輩は決って、この頃の若者は行儀がと言う。

——おまえたちがそんな恰好を公共の場でしておいて何が若者だ。

と私は思う。

野村証券のインサイダー取引をしたのも、ＡＩＪという年金運用をした主謀者と、彼と結託してしたい放題にやった証券会社の男も、皆この年齢である。

彼等には人品というものがない。目先の金にしか目の玉が動かないのである。それを卑しいと考えたこともないのだ。

新聞でジャーナリストの山本美香さんの死亡記事を見た。彼女が日本の学生に送ったメッセージを読んだ。

〝世界のどこかで無辜《むこ》の市民（罪のない市民）が命を落とし、経済的なことも含め危機にひんしている。その存在を知れば知るほど、どうしたら彼らの苦しみを軽減できるのか、何か解決策はないだろうかと考えます。紛争の現場を伝え、報道することで社会を変えることができる、私はそれを信じます〟

日本女性の逞《たくま》しさ、美しさがある人に見える。四十五歳であった。この人も新しい世代の人で、これまでのジャーナリストに欠落したものが見えていたのだろう。

日本人に関りのない戦争、という発想を持つ人は、そのまま私には関りのないことだからと平然と罪を犯している大人の男たちとまったく同じ視点である。

さまざまなことを考えさせられる一人の女性の死である。冥福を祈りたい。

我慢すればおさまるのなら

深夜にグラグラと揺れた。

携帯電話の緊急地震速報音が鳴り出さないので大きい地震ではないのだろう。

今は、グラッと最初に揺れる瞬間に犬が吠えて走り出す。

この連中も去年の三月の震災と、その後に一ヵ月間も続いた余震ですっかり地震に警戒するようになったのだろう。

揺れはすぐおさまり、また仕事を続けた。

ドサッと、時折、音がする。

私の仙台の仕事場は庭に面しているので、屋根や木々から積もった雪が落ちる音がよく聞こえる。

今冬、大勢の人が積もった雪の事故で亡くなった。雪害と呼んでいいのか、雪道の軒下を歩いていたり、雪掻きで死傷する人は毎年、想像以上に多い。

雪というのは、雨と同じで怖いものだ。

私は雪崩《なだ》れなどは映像でしか見ていないが、十年近く前の春先のポカポカ陽気の午後、仕事中にドカンと岩でも落下した音がして、玄関に出て見ると家の入口の敷タイルが何ヵ所か亀裂が入って割れていた。

「何だ？　これは」

私は空を見上げた。もう一度玄関を見て驚いた。氷が散らばっている。

――もしかして屋根の雪がこんなふうに落下したのか。

そうであった。すでに雪は氷に近い状態になり、屋根を滑り落ちてきたのだった。

――下にいたら死んでたのか？

私は雪というものの違う面を見た。

それ以降テレビで雪山などを目にすると、あれは氷壁なんだろう、と思えるようになった。

それにしてもよく雪が降る。

仕事の手を休めて窓の外を覗くと、突風で地面の粉雪が舞い上がり、辺り一面真っ白で視界がきかない夜があった。

——どうして私はこんな所に来てしまったのだろうか。

冬の夜は特にそう思う時がある。

別に少年の頃、サーカス小屋で誘拐され、流れ流れてアフリカの海岸で鎖に繋がれ働かされている男でもないのだが、生まれてこの方、見たこともない凍てつく風景が仕事場の前にひろがったりしてると、

——ここはどこ？　私は誰？

とつい聞いてみたくなる。

私は幼い頃から母によくこう言われた。

「あなたは嫌なものは嫌だって言わなきゃダメですよ。世間というものは嫌なことを人に押しつけますから」

ただ私は長男だったし、いつも父親にこう言われた。

「おまえは長男なんだから、おまえが我慢したらその場がおさまるんなら、おまえがそうするんだ。わかったな」

やはり父の教えの方を男の子は守る。

ここまで書いて、何が書きたいのかよくわからなくなった。
・どうしてこんな極寒の地へ？
・それがどうも私にもわからない。
・元々、こんな寒い所に暮らす発想はない。
・ここに来たのは家内の実家があり、家内が彼女の父親の看病をしたいと移り住んだ。
――じゃなぜ、わしはここにいるの？

「結婚なさって奥さまと引っ越されたんでしょう。やさしいご主人ですね」

――極寒の地が実家の女性を嫁にした？　それがわかってりゃ……。

どうすりゃいいんだ？　オヤジ。

「だから、おまえが我慢してすべてがまるくおさまるなら……」

――これ書いちゃマズイでしょう。雪の中に叩き出されますぜ。


翌朝、仕事場にメモがあり、東の方の庭の杉の木を伐採すると書いてある。

――あの杉を？　どうしてだ？

庭師のHちゃんが来たので杉を見に行く。

「たぶん、去年のあの地震で木の根があちこち切れたんだと思います」

見るとてっぺんまで枝も葉も茶色に変色していた。何とか助けられないのか。

「ここらだけでも何百本とあるんですよ。震災でこんなふうになった木が……」

——そうなのか。

私は木の幹にふれた。切ない気分だった。

——よく頑張ってくれたな……。

この杉の木の下に、春蘭、額紫陽花、縞《シマ》ススキが毎年、元気に花を咲かせ、葉振りを見せてくれた。

散歩の帰りに我家を見ると、この杉は凜と構えた〝いい木っ振り〟だった。いかにも我家を守ってくれている男前の若衆という感じだったのにな。

雪に耐えてきたものが地震には耐えられなかったか……。

人間しかりである。

道に倒れて泣く人がいる

政治家の顔や態度を見ていて、

――この人たちは〝年が越せないかもしれない〟という経験はまずなかっただろう。

と思ってしまう。

幼少、青年時代が苦しい生活で、そのことは今も忘れず政治に真剣にむかっている人は稀にいるが、その人も長く政治家をやっていると、金と力が自然に自分に備わっているのだ、と勘違いする。

その原因は世襲の議員と、あとひとつ組合で辣腕《らつわん》をふるっているうちに、これも金と力がついてきた輩である。

後者はいささか苦労もあったろうからまだわかるが世襲議員はどうしようもない。

自民党は世襲の廃止ができなかった。

なぜか？　楽だからである。

鳩山総理が九億円の金を母親から貰い、秘書のしたことで知らなかった、と平然と言った。

それで国民の暮らしが、とか、苦しんでいる人たちが、とか言えるのだろうか。二、三万円の金を貰ったのと訳が違う。

〝掏摸《すり》は一度やってしまえば掏摸の顔に、掏摸の目になる〟と以前、刑事から聞いたことがある。ただ掏摸は、年が越せないかもしれない、と思ったことはあろう。

今も、そんな気持ちで年末を迎える人は多いはずだ。

昔はもっと多かった。

私が子供の頃は、〝行き倒れ〟というのもあった。喰うものがなく、とうとう衰弱して道の端やひっそりとした場所で息絶える人たちである。

「行き倒れがあったらしい……」

大人たちの会話を耳にして、子供ごころに恐怖を覚えたものだ。そんな声を聞かなくなったのは国が裕福になったからだろう。

私は生来、呑気な気質だが、そんな私でも、年は越せるだろうか、と思ったことは何度かある。それが皆普通だろう。

三十数年前の年の瀬、一度、銀行に金を借りに行ったらまったく相手にされなかった。話も碌《ろく》に聞こうとしなかった。以来、銀行と銀行家は私にとって、この連中は人間ではない、と思うことにした。

いい例が同じ頃、私は父親から、生家を新しく建て直すから、長男のおまえが金を出すように、と言われた。こちらも家業を継がなかった負目があったので承諾した。

勿論、金はなかったが、土地は父名義であり、それなりの広さもあったから、それを担保に金を借りることで父に納得して貰った。金融公庫だ、なんだかんだ寄せ集めたが、一番は銀行からの借入れだった。

三十年近いローンだと倍近い金を銀行に持っていかれる。

——こんな利息でサラリーマンは家を買っているのか。

正直、驚いた。

契約の最後に、銀行が一枚の書類を出した。

「何ですか、これ？」

「生命保険に入っていただきます」

「額面いくらの生命保険だ?」

「×××万円です」

「ちょっと待て、それじゃ、土地は何のために担保に出したんだ」

「住宅ローンはそうなってるんです」

「馬鹿を言え。それならおまえたちには何のリスクがあるんだ。資本主義なら利益のためのリスクはあるだろう」

「はあ……、でも規則ですから」

「はあじゃねぇんだよ。俺の命をどうして差し出さにゃなんないんだ」

側にいた母親に注意され、面倒になったのでサインし、家は建った。


その父が亡くなり、子供五人で財産を相続となった。

私以外は皆女性ということもあり、私が金に頓着しない性格なので、その手続きに関った。母も見知らぬ借用書が出てきたり、あの娘は私と血縁関係だったのか、とか面白いのが出てきた。

——オヤジらしいな……。

その折、三十年かけて私が払い続けた実家の建物の評価額というのが役所から出ていた。その数字を見て驚いた。二束三文である。税理士に言った。

「何だ、この値段は？　三十年苦労して、私はいったい何を払ってたんだ。払う端から金が消えていたということじゃないか。こんな馬鹿なことを住宅ローンを払ってる人間は皆やらされているのか。この国は間違っている。せめて孫何人かの学費になる価値は保つべきだろう」

私はまだなんとか生きていけるからいいが、途中でローンを投げ出さざるをえなかった人たちの債務は悲劇的だろう。

山本夏彦翁は、銀行家、人に非ず、というような文章を書いていた。まったく同感と、この三十年思っている。中小企業の貸し剝がしなど悲惨だろう。

——落着いて、落着いて……。

年が越せるか、と大晦日まで心配した年もあったが、年が明けて、元旦の青空を見ると、

——ああなんとか越せたな。

と思うのが常だった。

以来、〝過ぎてしまえば……〟が、私の年末の心構えとなった。

親は子の言うことを聞かなくていい

黄金週間。

ゴールデンウィークとは、よくぞ言ったものである。

女、子供は口を揃えて言うらしい。

「今年のゴールデンウィーク、家《うち》ではどこに行くの？　パパ」

それが当たり前のごとくであるからパパは大変である。

いったいどこの誰が言い出しやがった。

遊園地や行楽地、旅行会社あたりの頭がちょっときくのが言ったのだろう。

どうして休みだから、どこかへ出かけなくてはならんのだ。少し考えてみれば出かける必要なぞ、さらさらないのがわかる。

どうせどこに行っても混んでるんだから、わざわざお父さんが疲れに行くことはない。

「今年はどこも行かずに家でゆっくりする」

「えっ、×君家《ち》も、△子チャン家も、どこそことどこそこへ行くんだよ」

「我家は我家のやり方があるんだ。他の家とは違うんだ」

はっきりそう言いなさい。

子供が家の事情を知らぬことは、社会に出てからどこの家も同じようだったに違いないと誤解し、大恥をかくことになる。ともかく子供の言うことは、いっさい聞かない方がいい。いちいち聞いてたら碌なことはない。

〝親子でじっくり話し合って下さい〟

バカ言ってるんじゃない。

子供が父親と話をするのは、生涯で数度でイイと私は考えている。

第一、脈絡を持たない子供が、忙しい父親と何の話ができるのだ。

子供は父親をただ観察して、大人の男というものがどんなものかを理解して行くものである。それで十分である。

一家団欒《だんらん》と言うが、そんな時間が一年の内に初中後あったら、その家はおかしい。子供は土、日曜日も学校に行って遊んでりゃいいのと違うのか。

この二十年近く、私はゴールデンウィークには、その少し前から海外に出ていた。理由は簡単で、国内にいるとどこも混み合っているし、店がほとんど休むからである。ところが海外も日本人の観光客だらけで、列をなして歩く姿は醜態にしか映らない。どうにかならないのか、と思うが、これは日本人の気質の問題なのである。別に海外でなくとも日本人は仲間とぞろぞろ歩いていると安堵するらしい。ましてや言葉の通じない海外なら余計である。

大人がこうであるから、子供は成長してそれに倣《なら》うのは当然だろう。

今年もイタリアに取材に行かねばならなかったが、中止にした。疲れが出ているので、のんびりせよ、と身体が言ってるのが聞こえたからだ。

さぞ、私のバカ犬は喜ぶことだろう。

東北一のバカ犬のノボは、私が帰宅するとほとんど睡眠を取らずに、そばで私を見張っている。普段は夜の八時には寝ている犬が、目をランランとかがやかせている。

「おまえ寝たらどうなんだ」

「いや、お気遣いなく。こうして見てるだけで愉しいっすから」

「そんなわけないだろう」

私が上京する気配がする日は、朝から私のそばを一秒でも離れない。トイレまでついてくる。

それがタクシーが迎えに来て、私が服を着換えて玄関に立つと、態度が急変する。

私が、行ってくるぞ、と声をかけても、いっさい反応もしなければ、私の顔も見ない。

それでいてタクシーが家の角を曲がって消えた途端、家に入って、私の脱ぎ捨てたパジャマの上に仁王立ちして、ウォウォ〜ンと遠吠えを続ける。

「この野郎、俺を置いて、どこへ行きやがったんだ。ウォウォ〜ン」ってとこだろう。

ノボの兄貴や、親友の犬は、ノボの一風変わった主張を奇妙なものでも見つめているような顔で眺めているらしい。

一時間、二時間と続く遠吠えを許している家人も、最後は新聞紙を丸めた説教棒を出してきて、遠吠えしているノボの後頭部をいきなり、バシーンと叩く、それっきり遠吠えはおさまるらしい。

飯を食べ終ると、自分のボールをくわえて来て、家人に投げろ、と吠える。

一時間でも、二時間でも続けるという。

家人が犬を見ながら呆きれ顔で言う。

「ノボ、おまえは本当に夜になると元気で、遊ぶことだけは一人前以上だね。いったい誰に似たのやら、まったく」

素晴らしき哉、人生

人というものはつき合ってみないとわからないことが意外と多いものだ。

二十年近く前、家人と暮らすはめになり、綺麗好きというか、ゴミひとつ落ちていない家に慣れるまで時間がかかった。

同居した当初、私は毎日のごとく酒を飲んでいた。浴びるほど飲むという表現があるが、そんなもんじゃなかった。酒の中にひたって、普段でも身体がウィスキーと日本酒の煮凝《にこご》り状態であった。

だから毎日が二日酔いで、目覚めた時は、私は誰？　ここはどこ？　こんな綺麗な部屋はあきらかに自分の住む場所と違うと、毎日、あせったりした。

私の二日酔いの解消法は、ともかく水を飲む。そして朝から麺類を胃に流し込む。ひどい症状の時は肉も喰う。と言うのは、胃も胃壁もダウンしているので、すぐに彼等を働かせればいいという考えである。胃というものは胃自体に思考力がないはずだから、どんなにグロッキー状態でも、上から食物が入って来ると、連中は、さあ仕事だ、仕事だと動き出す。それが正常な胃に戻る近道なのだ。

水を際限なく飲み、麺、肉を流し込み適当な時にすべて吐く。これをくり返すのだが、多量の水は途中で当然のごとく下痢を呼ぶ。腹がゴロゴロくれば食べかけの麺を置いてトイレに駆け込む。下からもアルコール分を出す。そうしてまた水、麺、そして吐いては湯舟に入り汗を出す。

或る日、テーブルに麺を置いて、トイレに行き、戻ってみるとテーブルは綺麗に拭いてあり、麺が消えていた。

——あれっ、麺を食べてなかったたっけ？

なにしろ、私は誰？　状態で目覚めるのだから、麺を食べてたのも幻だったかもしれないと思えた。

「君、今、私、タンメン食べてなかったたっけ？」などと質問すれば、とうとう酒で頭までおかしくなったかと思われるかもしれないと訊けなかった。たった十分前のことだから、こう見事に消えるはずがない。

——やはり麺を食べてたのは幻か……。

と玄関の方へ行くと、なんと綺麗に洗って拭かれた麻布十番のT龍の器があった。

——これって昨日の麺の器か？

私は台所に行き、「君、居間のテーブルにタンメンあったでしょう」と訊くと、「えっ、あれ途中だったの、ゴメンナサイ」と家人があわてて言った。

——途中って、半分以上残ってたでしょう。油断もスキもない女だナ。

これも同居当初、家人がよく寝るので、仙台から彼女の母親が上京した時、なんとなしに言ってみた。

「お嬢さん、よく睡眠摂《と》られますね」

「そうよ。あの子は十時間寝ないと頭がすっきりしない子なの。ご協力よろしく」

「義母さん、毎日、十時間寝ていたら、二十四年間が過ぎたらお嬢さんは十年間寝っぱなしの人生になりますぜ」

「そんなには寝ないでしょう」

義母は笑って言った。

彼女とエジプトに行き、ギザのピラミッドの中にカメラマンと入り、石棺を見た。私が壁の象形文字を見ていると、背後でカシャとシャッター音がした。振りむくと家人はその石棺の中に横たわっていた。

私は驚いた。手を触れるのも禁じられている石棺である。私が目を剝いて怒ろうとすると、

「ヘッヘへ、見つかっちゃった」と彼女は舌を出し石棺から出てきた。

人というものは何をしでかすかわからない生きものである。


先日、彼女は持病の首、腰痛の治療に効くという鍼治療にかかるために上京した。

その治療院の場所が六本木というので、六本木ミッドタウンにある高層ビルの中のホテルに宿泊した。

治療も終った時刻、食事くらいはつき合ってやらねばと電話をすると、まったく通じない。

――もう寝たか。なにしろ十時間だ。

一時間して連絡が来た。

「どこか行ってたの?」

「まあそんなものです」

真相を書くと、最上階の部屋は眺めもよく、外の風はいかばかりかと非常用のドアを開けて風に晒されようとした。表に出ると、バタンと音がして、ドアが閉じた。すぐにノブを回したが自動で閉じていた。ノブを回せど、ドアを叩けど誰も出ない。当たり前だ。部屋は彼女一人である。

どうしよう？　考えた結果、そこから階段を降り、一階ごとにドアを叩いたがどこも出て来ない。五階下がった所で、ドアを叩く音と彼女の声に気付いて人があらわれた。相手はコックの恰好をしていた。

「どうしました？」「閉め出されてしまって、部屋に戻る方法はないでしょうか」「二十階下まで歩くだけです。あとは……」

深夜、パジャマにスリッパの女が厨房にあらわれ、頭を下げながら従業員用エレベーターに乗ったそうである。

人は何をしでかすかわからない。

【著者略歴】

◉1950年山口県防府市生まれ。72年立教大学文学部卒業。

◉81年短編小説『皐月』でデビュー。91年『乳房』で第12回吉川英治文学新人賞、92年『受け月』で第107回直木賞、94年『機関車先生』で第7回柴田錬三郎賞、2002年『ごろごろ』で第36回吉川英治文学賞をそれぞれ受賞。

◉作詞家として『ギンギラギンにさりげなく』『愚か者』『春の旅人』などを手がけている。

◉主な著書に『白秋』『アフリカの王(上・下)』『あづま橋』『海峡』『春雷』『岬へ』『美の旅人』『少年譜』『羊の目』『スコアブック』『志賀越みち』『お父やんとオジさん』『浅草のおんな』『いねむり先生』『なぎさホテル』『星月夜』『伊集院静の「贈る言葉」』。

初出　「週刊現代」2011年12月24・31日号～2012年11月17日号
単行本化にあたり抜粋、修正をしました。

別《わか》れる力《ちから》　大人《おとな》の流儀《りゅうぎ》3

二〇一二年一二月一〇日第一刷発行
二〇二三年一二月一二日第一二刷発行

著者　伊集院静《いじゅういんしずか》

発行者　髙橋明男
発行所　株式会社講談社
東京都文京区音羽二丁目一二―二一　郵便番号一一二―八〇〇一
電話　編集　〇三―五三九五―三四三八
販売　〇三―五三九五―四四一五
業務　〇三―五三九五―三六一五
印刷所　TOPPAN株式会社
製本所　大口製本印刷株式会社
定価はカバーに表示してあります　Printed in Japan

KODANSHA

N.D.C. 914.6　190p　18cm
ISBN978-4-06-218153-2